The Record of
Dragon's Return

재중
귀환록

FUSION FANTASTIC STORY
푸른 하늘 장편 소설

재중 귀환록 16

푸른 하늘 장편 소설

초판 1쇄 찍은 날 § 2015년 6월 26일
초판 1쇄 펴낸 날 § 2015년 7월 3일

지은이 § 푸른 하늘
펴낸이 § 서경석

편집책임 § 박가연

펴낸곳 § 도서출판 청어람
등록번호 § 제387-1999-000006호
등록일자 § 1999. 5. 31
어람번호 § 제1-2161호

주소 § 경기도 부천시 원미구 부일로 483번길 40 서경B/D 3F (우) 420-822
전화 § 032-656-4452 팩스 § 032-656-4453
http://www.chungeoram.com
E-mail § chungeorambook@daum.net

ISBN 979-11-04-90295-6 04810
ISBN 979-11-5681-939-4 (세트)

The Record of Dragon's Return

재중
귀환록

16

영국으로

푸른 하늘 장편 소설

FUSION FANTASTIC STORY

도서출판 청어람

CONTENTS

Chapter 01
흔적 찾기

재중귀환록

'내가 놓친 것이 있을까?'

재중은 한국으로 향한 비행기 안에서 창밖을 보면서 나름대로 이모저모 생각을 해봤다.

하지만 역시나 라수푸틴의 행방이 오리무중인 것은 여전했다.

─재중 님.

"……?"

세프는 재중이 지금 고민하는 것이 무엇인지 뻔히 알고 있기에 그동안 가만히 앉아 있었다.

하지만 역시나 재중의 표정에 전혀 변화가 없다.

그것은 결국 해결책이 나오지 않았다는 것과 같은 뜻이었다.

셰프는 조용히 재중을 불렀다.

―어쩌면 라스푸틴은 재중 님의 존재를 이미 알고 있었을지도 모릅니다.

"……."

재중도 그건 생각해 본 적이 있다.

신승주와 재중이 만나게 된 계기도 결국 쟁롯이 신승주의 집에서 나왔기 때문이다.

그러나 재중은 신승주에게 자신의 이름을 대면서 접근한 것이 라스푸틴이라고 생각만 하고 있을 뿐이었다.

아직 무엇도 확실한 증거는 없었다.

하지만 심증이 범인이라고 가리키고 있었다.

―재중 님, 혹시 지구로 넘어와 가장 처음 맺은 인연이 검예가이지 않습니까?

"검예가? 음, 그렇긴 하지."

재중은 셰프의 입에서 오랜만에 검예가의 이름이 나오자 문득 잊고 있던 사람들의 얼굴이 떠올랐다.

아련한 추억과 동시에 떠오른 존재들이다.

"셰프."

—네, 재중 님.

"너의 정보력이라면 알 수 있을지… 아니, 어쩌면 알고 있을 것 같아서 묻는데 말이야."

—네.

"한국 쪽도 당연히 너의 정보망에 들어가겠지?"

—네. 본래는 정보 등급 3등급으로 낮았지만, 재중 님의 존재를 알고 난 뒤로 한국에 관한 모든 정보는 가장 먼저 수집하고 파악하는 편입니다.

"역시. 그럼 검예가의 지금 주인이 누구지?"

—검예가의 주인 말씀이십니까? 현재 가주가 건재한 상태입니다.

"응? 아직도?"

검은 복면 녀석들이 검예가를 손에 넣기 위해 재중을 협박한 사실이 있었다.

그래서 재중은 당연히 지금쯤이면 검예가의 가주가 다른 사람으로 바뀌었을 줄 알았다.

—네, 물론 제자로 있던 김인철이라는 녀석이 세 번 정도 수작을 부렸지만 잘 버텨낸 것으로 파악됩니다.

"그래? 역시 단계가 올라가면서 영향력이 강해져 가능했으려나."

재중은 세프의 말에 잠시 의외라는 표정을 지었다.

하지만 생각해 보면 재중 덕분에 그때까지 앞을 막아서던 벽을 깨뜨린 가주다.

어쩌면 오히려 이후로 영향력이 더 강해졌을 수도 있다. 그 덕분에 지금까지 버티고 있을지도 모른다는 생각이 들었다.

"그럼 검예가를 노리던 검은 복면 녀석들의 존재도 알고 있어?"

—검은 복면의 존재라면 혹시 김인철 뒤에 있던 녀석들을 말씀하시는 겁니까?

역시나 세프도 알고 있었다.

전 세계의 정보부를 쥐고 흔드는 세프이니 오히려 모른다면 그게 이상한 일이다.

하지만 워낙에 은밀하게 움직이는 녀석들이기에 혹시나 하는 생각으로 물었던 것이다.

그러나 역시 드래곤의 가디언답게 일 하나는 확실하게 하는 듯했다.

"응."

재중이 강하게 고개를 끄덕였다.

—저도 김인철 뒤에 다른 존재가 있다는 것을 알고 있었지만, 제가 파악하려고 하자 꼬리를 잘라 버리고 검예가에서 손을 떼어 그냥 무시했습니다만…….

"응? 꼬리를 잘라?"

─네. 세 번째로 김인철이 검예가를 손에 넣기 위해 백인혜의 딸을 납치했다가 결국 가주의 손에 식물인간이 되었습니다. 그 뒤로 녀석들의 흔적도 감쪽같이 사라졌습니다.

재중은 그동안 검예가에도 여러 가지 일이 있었다는 것을 알게 되었다.

물론 그렇다고 감정이 흔들리거나 하진 않았다.

잠깐의 인연일 뿐이다.

거기다 서로 주고받은 것이 확실하고 끝맺음도 깔끔해 재중도 그동안 잊고 있었던 곳이다.

"녀석들이 검예가를 포기했다는 건가?"

재중이 세프에게 묻기보다 혼잣말처럼 중얼거렸다.

─저도 혹시나 해서 계속 주시하고 있지만, 김인철이 식물인간이 되어버린 뒤로는 흔적조차 나타나지 않는 것을 보면 포기했을 가능성이 높습니다, 재중 님.

"포기했다… 포기했다……."

한 국가의 수장조차 마음만 먹으면 바꿔 버릴 수 있는 힘과 정보력을 가진 세프다.

그런데 그런 세프조차도 아직 파악하지 못한 녀석들이 있다.

바로 예전 검예가를 집어삼키려고 한 검은 복면의 녀석들이다.

그 당시 녀석들은 재중에게 힘을 일부 보여주면서까지 집요하게 검예가를 노렸었다.

재중은 그것을 생각하면 겨우 김인철이 식물인간이 되었다고 포기했다고 하기에는 뭔가 석연찮은 부분이 있다고 느껴졌다.

아니, 너무 쉽게 포기했다.

"지금 검예가의 가주 상태는 어떻지?"

재중은 계속 뭔가 석연치 않은 느낌이 들어 세프에게 물었다.

─인간의 기준으로 보면 병이나 노환으로 죽을 가능성은 거의 없다고 생각됩니다.

재중은 세프의 말에 고개를 끄덕였다.

이미 인간의 경지를 초월했으니 말이다.

그런데 이상하게 검예가가 걸리는 것도 사실이다.

뭔가 논리적으로 설명하기는 힘들지만 그냥 느낌이 그랬다.

그동안 잊고 지낸 것을 생각하면 갑자기 검예가가 걸리는 것이 이상하기도 했다.

하지만 그렇다고 한번 꺼림칙한 느낌이 든 이상 다시

묻어버릴 수도 없는 노릇이다.

재중은 잠시 생각에 잠겼다가 말했다.

"검예가의 현재 상태에 대해서 자세한 내용을 나에게 알려줄 수 있어?"

─자세한 내용이라면 어디까지 원하십니까?

재중의 말에 세프는 오히려 원하는 범위를 물었다.

"중요한 것 전부."

그동안 완전 잊고 지낸 검예가였기에 현재 재중이 알고 있는 사항이 전혀 없었다.

세프가 알려줘야만 알 수 있는 상황이다.

재중이 중요한 것 전부를 원하자 세프는 자신의 품속에서, 아니, 품속으로 손을 넣었지만 실제로는 아공간에서 무언가를 꺼내 재중에게 내밀었다.

"선글라스?"

그건 뜻밖에도 선글라스였다.

겉모습만 보면 어디서나 쉽게 볼 수 있는 선글라스를 재중이 받아서 쓰자,

띠링!

재중의 머릿속으로 맑은 효과음이 울렸다.

그러더니 순식간에 재중의 눈앞에 검예가의 인물 사진과 함께 내용이 출력되기 시작했다.

물론 재중의 머릿속으로는 세프의 목소리도 함께 들렸다.

사실 검예가가 무력에 관해서는 수위에 있다 보니 재중이 모르는 정보는 그리 많지 않았다.

김인철이 식물인간이 되고 백인혜의 딸이 납치되었다는 것도 이미 세프에게 들은 뒤다.

그렇기에 실제로 정보는 많았지만 새로운 것은 그다지 없었다.

"잘 썼어."

다 본 재중이 선글라스를 돌려주는데 세프가 고개를 갸웃거렸다.

―뭔가 정보가 부족하십니까?

"아니, 정보는 충분했어. 그냥… 뭐랄까, 막연히 찜찜한 느낌이 들어서 알아보려고 한 건데 역시나 직접 한번 가봐야 할 것 같다."

세프는 자신의 정보에는 문제가 없다는 재중의 말에 잠시 생각하는 듯 재중을 쳐다보다가 입을 열었다.

―재중 님.

"……?"

―재중 님은 드래곤이십니다.

재중은 세프가 뜬금없이 자신을 보고 드래곤이라고 말

하자 그를 향해 시선을 돌렸다.

뻔히 알고 있는 사실을 새삼 언급하는 게 의아하기도
했다.

하지만 재중은 세프의 진지한 표정에 별다른 말을 하지
않고 가만히 다음 말을 기다렸다.

―재중 님은 아직 모르시는 듯하지만, 드래곤의 육감은
일반적인 인간이 생각하는 육감과는 그 기본이 다릅니다.

"다르다니?"

―엄밀히 말해서 드래곤은 조율자입니다. 즉 드래곤은
조화와 균형을 위해 존재하죠.

"뭐 그거야 그렇지."

재중도 테라에게 자주 들은 말이다.

늘 듣던 말이라 새삼스럽기까지 했다.

하지만 살아온 세월만 보면 재중보다 훨씬 오래된 세프
다.

재중은 그녀가 생각 없이 하는 말 같진 않아 말을 끊는
대신 조용히 입을 다물었다.

―조화와 균형을 움직이는 존재의 느낌을 그저 느낌만
으로 치부하시면 후회하실 겁니다.

"……."

재중이 세프의 말에 조용히 쳐다보자,

—드래곤의 느낌은 일종의 경보기라고 생각하셔도 됩니다.

"경보기?"

—네. 큰 힘을 가진 존재는 그 권리만큼 민감하니까요. 즉 지금 재중 님이 검예가를 계속 신경 쓰시는 것은 그곳이 뭔가 라스푸틴과 연결되어 있을 가능성이 높다고 판단하셔도 됩니다.

"…그건 너의 경험에서 나온 의견이겠지?"

재중이 나직하게 물어보자 세프가 차분히 고개를 끄덕였다.

—네. 지금까지 저의 마스터와 함께 긴 세월을 보내면서 드래곤에 대해 나름대로 알게 된 제가 내린 결론입니다.

하긴 지구에서만 이미 5,000년을 보내고 있는 세프이다.

거기다 그녀는 이성적이고 논리적이기로 유명한 엘프 종족이었다.

그런 그녀가 지금까지 크레이언 올드 세이라와 함께 지내면서 겪은 것을 토대로 통계를 내린 것이다.

당연히 자신 있게 말할 수 있을 것이다.

그리고 지금 세프의 말은 재중에게 충분히 설득력을 가

지고 다가왔다.

　그렇기에 재중은 도착하면 가장 먼저 검예가로 가는 것
으로 계획을 바꾸었다.

　물론 지금 당장 세프를 데리고 천서영과 연아를 만나야
한다는 것에 대한 부담감도 어느 정도 작용했다.

Chapter 02
날파리들

재중귀환록

—재중 님, 지금 공항에 재중 님을 찾는 사람들이 기다
리고 있습니다.
　"응?"
　재중이 곧 착륙한다는 안내 방송을 듣고 조용히 창밖을
보고 있는데 세프가 말했다.
　—국정원에서 나온 녀석들입니다.
　"국정원?"
　재중은 국정원 요원들이 자신을 찾는 이유를 알지 못했
다.

이미 천산그룹을 통했다고는 하지만 재중이 정부에 100억 달러를 준 것을 알고 있다.

그런데 그런 정부에서 국정원 요원을 보냈다는 것은 뭔가 이상했다.

"어째서 국정원이 날 찾지? 딱히 나를 찾을 만한 이유가 없는데."

재중은 전혀 짐작 가는 것이 없기에 물었다.

─원하시면 바로 정보를 찾아드릴까요?

착륙까지 대충 20분 정도 남아 있기에 재중이 고개를 끄덕였다.

그러자 셰프는 재중에게 주었던 선글라스를 꺼내 자신이 썼다.

그러고는 불과 1분 남짓 시간이 지나자 선글라스를 벗었다.

─아무래도 두바이공항에서 있던 일과 연관이 있는 듯합니다.

"두바이공항?"

재중은 뜬금없는 셰프의 말에 일순 고개를 갸웃했다.

하지만 모래폭풍으로 두바이공항에서 발이 묶인 그때 딱히 특별한 일이라고는 오직 하나였기에 금방 두바이 왕자가 떠올랐다.

—두바이 왕가에서 한국 정부에 재중 님과 다리를 놓아
달라고 부탁했습니다.

"한국 정부에? 어이없군."

재중은 기분이 좋지 않았다.

모래폭풍 때문에 공항에서 만난 개념 없는 왕자 때문이
아니었다.

두바이 왕가에서 한국 정부에 정식으로 재중과 자리를
만들어달라고 부탁했다는 그 사실 자체에 기분이 나빠졌
다.

사실 연아가 아니라면 정부에 군이 뇌물을 주면서까지
친해질 필요가 없는 것이 재중의 현재 상황이다.

아니, 오히려 정부가 재중에게 잘 보여야 하는 상황이
다.

그런 상황에서 두바이 왕가에서 자신과 만남을 주선해
달라고 했는데 국정원 요원이 자신을 기다리는 것이 이해
가 되지 않았다.

분위기를 좋게 해도 시원찮을 판이다.

그런데 딱딱한 국가 정보요원을 보낸다는 것은 누가 봐
도 이상할 수밖에 없었다.

—아무래도 재중 님이 실수하신 것 같습니다.

"내가 실수를 했다니 무슨 뜻이지?"

─재중 님이 정부에 100억 달러를 무상 지원한 것은 사실 재중 님의 판단이기에 제가 무어라 말할 수 있는 성질의 것은 아닙니다만…….

슬쩍 말을 흐리던 세프가 재중의 눈을 똑바로 쳐다보더니 다시 말을 이었다.

─문제는 재중 님의 100억 달러가 정부에 전해진 시기와 상황이 나쁘다고 말할 수 있습니다.

"나쁘다? 어느 정도로 나쁘다는 거지?"

크레이언 올드 세이라의 곁에서 수많은 세월을 지낸 세프이다.

특히 그녀의 오른팔 역할을 하면서 그 세월을 보내온 것이다.

그만큼 정보뿐만이 아니라 머리로 하는 일 전반에 걸쳐 드래곤인 크레이언 올드 세이라보다 세프가 훨씬 능숙했다.

공항에서 국정원 요원이 재중을 기다린다는 말에 단번에 상황 파악이 끝난 그녀였다.

─천산그룹을 통해서 돈을 주신 것은 그래도 최악의 경우는 피했다고 할 수 있지만, 지금 상황을 종합해 보면 정부는 재중 님을 자신들이 명령하면 움직일 수 있는 존재로 인식했을 것입니다.

씨익~

재중은 세프의 말에 순간 입가에 미소를 지었다.

하지만 평소와 달리 그 미소에서는 보이지 않는 섬뜩한 살기가 묻어 나왔다.

"나를 쉽게 봤다는 뜻이군."

재중이 세프의 말뜻을 바로 알아듣고 나직이 중얼거리자 세프가 동의했다.

─권력에 미친 인간들은 특이한 습성이 있습니다. 아무리 상대가 강하고 거대해 보여도 먼저 상대가 배려하면 그것을 자신에게 굴복한다고 받아들이는 특이한 습성 말입니다.

즉 재중이 먼저 정부에 100억 달러를 무상으로 지원해 준 것을 정부에서는 완전히 잘못 받아들였다는 뜻이다.

재중이 국가에 잘 보이려고 성의를 표시했다는 것으로 말이다.

스스스스.

순간 세프의 말뜻을 모두 이해한 재중의 몸에서 미약하게 살기가 흘러나왔는데 이를 알아차린 재중은 급히 살기를 거둬들였다.

하지만 바로 옆에 있던 세프는 바로 느낄 수 있었다.

사람 좋은 미소를 짓는 재중의 몸에서 풍기는 살기를

말이다.

그리고 그 살기가 자신의 마스터인 크레이언 올드 세이라와 비교해서 절대 뒤지지 않는다는 것도 어렴풋이 느낄수가 있었다.

"지금 네 말은 두바이 왕가의 요청에 혹시라도 내가 거절하거나 다른 생각을 하지 못하도록 국정원 요원을 보냈다는 뜻이군."

―그렇다고 말씀드릴 수 있습니다.

셰프는 재중이 빠르게 자신이 하려는 말을 파악하는 모습에 고개를 끄덕였다.

황당하면서도 기분이 급격하게 나빠지기 시작한 재중은 조용히 입을 다물고 창밖을 보면서 생각해 봤다.

과연 이곳에 연아가 사업을 하도록 두고 자신이 떠나도될 것인가를 말이다.

수면기, 지금 재중의 발목을 강하게 잡고 있는 문제이다.

거기다 언제 수면기에 들어갈지 모른다는 최악의 조건때문에 서두르고 있기도 했다.

그런데 지금 자신이 한국 정부에 보여준 배려를 정치하는 권력자들은 굴복으로 받아들였다.

그것은 생각 이상으로 꽤 심각한 결과를 가져올 수 있

었다.

물론 천산그룹이 함께하고 있긴 했다.

하지만 한국은 나라의 특성상 정부에서 작심하고 움직이면 천산그룹 정도는 얼마든지 흔들릴 수 있는 특이한 구조의 국가였다.

그래서 천산그룹만으로는 자신이 없는 빈자리를 믿고 맡기기에 부족했다.

천산그룹 자체가 흔들리는 상황에 연아를 챙겨주기를 바라는 것은 기대하기 힘들기 때문이다..

ㅡ국적을 옮기실 생각입니까?

재중의 생각을 읽기라도 한 듯 물어보는 세프의 질문에 재중이 고개를 돌려 쳐다보았다.

ㅡ저의 마스터께서도 한때 재중 님처럼 한 국가에 소속되어 움직이신 적이 있습니다.

"유희를 한 것인가?"

드래곤이 인간의 생활에 끼어드는 경우는 오직 하나, 유희를 할 때뿐이다.

ㅡ너무나 긴 시간을 그냥 지켜보시기만 하는 게 지겨운 탓도 있었지만 빠르게 변하는 지구의 인간들 모습이 궁금해 100년 정도 유희를 하셨습니다.

"100년이라……."

5,000년 가까이 지구에 있던 크레이언 올드 세이라에게 100년은 별것 아닌 시간일 것이다.

 하지만 세프의 말을 들어보면 그 이후로는 유희를 나간 적이 없는 듯했다.

 "인간들에게 실망했나?"

 재중이 지금 자신의 상황도 비슷하기에 물어보았다.

 ─결과적으로는 그런 셈입니다. 하지만 마스터의 정체를 눈치채고 움직이기 시작한 인간들의 움직임이 귀찮았기 때문이기도 합니다.

 "……?"

 드래곤의 유희를 인간이 눈치챈다는 것은 사실상 거의 불가능했다.

 혹시라도 대륙처럼 마법이 있고 마법사가 있는 상황이라면 모른다.

 그러면 유희 중인 드래곤을 눈치챌 수도 있을 것이다.

 하지만 이곳 지구는 철저하게 마법이 없는 곳이다.

 그런데 그런 지구에서 유희를 하는 드래곤을 눈치채고 귀찮게 했다는 것은 재중에게도 의외의 사실이었다.

 "고룡인 그녀가 어설프게 유희를 하진 않았을 텐데 별일이군."

 재중은 크레이언 올드 세이라가 무슨 실수를 했나 하는

생각이 들었다.

―정보 때문입니다.

"정보?"

―네. 저의 마스터께서 처음 모습을 드러내고 나서부터
의 모든 정보를 인간들은 가지고 있었습니다. 그리고 그
정보에서 무언가 이상한 것을 느꼈는지 은밀하면서도 집
요하게 마스터를 쫓기 시작했습니다.

"……."

사실 미국만 해도 전 세계의 정보를 움직이는 단체를
가지고 있다.

그뿐인가? 유럽에도 제법 유명한 단체가 많았다.

사실 재중은 자신을 드러내길 극도로 꺼렸기에 그동안
그런 정보 단체들의 눈을 피할 수 있었다.

물론 크레이언 올드 세이라가 유희를 위해서 갑자기 모
습을 드러낸 것과 재중은 조금 사정이 달랐다.

재중은 한국에서 태어나고 자란 기록이 있기에 아직까
지 그들이 모르고 있는 것이다.

어느 날 갑자기 나타난 사람과 아무런 문제 없이 태어
나 차라온 모든 기록이 있는 사람 중에 누굴 이상하게 생
각하겠는가?

당연히 갑자기 나타난 사람이다.

그런 것을 생각하면 재중은 정말 숨기려고만 하면 얼마든지 자신을 숨길 수 있는 최고의 조건을 가지고 있는 셈이다.

더구나 한국은 주민등록번호로 국가에서 국민을 관리하는 특이한 시스템이다.

"그래서 정보를 관리하는 거군."

크레이언 올드 세이라는 지도에도 나오지 않는 섬에서 혼자 조용히 살아가고 있었다.

한데 그런 그녀가 예상외로 각 국가의 수장까지 마음만 먹으면 모두 바꿔 버릴 수 있을 정도의 정보와 권력을 가지고 있다고 했었다.

재중은 오지에 홀로 살고 있는 그녀가 어째서 그런 힘을 갖고 있고, 또 가지려 했는지 언밸런스함을 느꼈었는데 이제야 배경에 그런 이유가 있었음을 이해하게 되었다.

그렇게 뒤통수를 제대로 맞았으니 정보에 대해 관심이 가는 것은 인간이 아닌 드래곤이라도 마찬가지일 것이다.

─네. 시간이 걸리긴 했지만 마스터께서는 원하는 만큼 달성했습니다.

무표정하지만 목소리에서 묻어 나오는 자신감에 재중은 피식 웃었다.

자신도 시간만 충분하다면 테라가 알아서 만들었을 힘

이다.

하지만 지금 세프를 비웃는 것은 절대로 아니었다.

—그보다 어떻게 하실 겁니까?

세프가 과거 이야기는 그쯤에서 정리하고 대신 재중에게 지금 국정원 요원이 기다리는 공항을 이대로 나갈 건지 물었다.

재중은 가볍게 고개를 끄덕였다.

"뭐 나를 쉽게 봤다면 적당히 놀아줘야겠지. 물론 적정선을 넘으면……."

씨익~

다시 재중의 입가에 스산한 살기가 흘러나오는 미소가 그려졌다.

굳이 뒷말을 더하지 않아도 충분히 알 수 있었다.

이에는 이, 눈에는 눈.

상대가 권력이나 힘을 사용한다면 자신도 그것을 초월한 힘으로 대응하면 될 것이다.

하지만 그러기 위해서는 꼭 필요한 것이 있었다.

"세프."

—네, 재중 님.

"한국 정부가 이렇게 강압적으로 나오는 구체적인 이유가 뭐지?"

사실 재중은 한국 정부가 국정원 요원을 보내서 재중에게 압박을 주려는 행동 자체가 쉽게 이해가 되지 않았다.

─원유 때문입니다.

"원유?"

재중은 뜬금없이 원유 얘기가 나오자 고개를 갸웃거렸지만 곧 이해가 되었다.

한국은 세계적으로 원유를 많이 수입하는 국가로 알려져 있었다.

기름 한 방울 나오지 않는 나라에 5천만의 국민이 살아가고 있다.

그뿐인가?

1인당 한 대의 자동차를 가지고 있다는 말이 나올 만큼 자동차가 많은 나라가 바로 한국이다.

그럼 기름 한 방울 나오지 않는 땅에서 그 많은 자동차를 어떻게 굴리겠는가?

당연히 원유를 수입하는 방법밖에 없다.

그러니 두바이 왕가에서 재중과의 자리를 만들기 위해 힘을 쓸 때 원유라는 카드를 썼을 것은 너무나 뻔한 일이었다.

지금의 상황이 벌어진 것도 어쩌면 당연했다.

돈 많은 한 명의 국민과 두바이유를 싸게 준다는 두바

이 왕가를 놓고 저울질한다면 누구의 편을 들겠는가?

생각할 것도 없이 한국 정부는 두바이 왕가의 편을 들었을 것이다.

그 증거로 국정원 요원이 재중을 기다리고 있으니 말이다.

"뒤통수를 맞았군. 크크크큭."

재중은 기분은 나쁘지만 분노로 날뛸 만큼 흥분하진 않았다.

아니, 오히려 더욱더 감정이 차갑게 변하고 있었다.

이미 인간들이 자신의 욕심을 위해서 얼마나 비열하고 야비할 수 있는지 잘 아는 재중이다.

어릴 때 길거리 생활을 하면서도, 대륙으로 가서도 지겹도록 겪어봤다.

다만 잊을 만하면 생각나게 하는 인간들의 욕심에 짜증 날 뿐이다.

─이대로 그냥 인간들의 행동에 맞춰주실 겁니까?

세라는 아직 재중을 정확하게 판단하지 못하고 있기에 조용히 물었다.

"우선은 그냥 움직여 줘야겠지. 나를 원하는 이유도 알고 싶으니까."

대충 두바이 왕가에서 원하는 것이 무엇인지는 짐작이

된다.

하지만 직접 확인하고 싶은 마음도 있기에 장단에 맞춰
주기로 했다.

Chapter 03
욕심의 대가

재중귀환록

기다렸다는 듯 공항에 도착한 재중이 게이트를 나오자
마자,

　"선우재중 씨."

　깔끔한 정장에 눈빛이 살아 있는 국정원 요원 네 명이
곧바로 다가왔다.

　그러고는 자신들의 소속을 말하는데, 어째 재중이 예상
한 것보다 더욱 강압적인 느낌이 들었다.

　"국정원에서 나왔습니다. 저희와 같이 가주셔야겠습니
다."

그러고는 재중의 옆에 서더니 슬쩍 재중이 움직일 수 있는 동선을 모두 막아서는 것이 아닌가?

그런 국정원 요원들의 움직임에 재중이 걷던 걸음을 갑자기 멈추었다.

"멈추시면 강제로 가야 하는 경우가 생깁니다, 선우재중 씨."

재중이 의도적으로 멈췄다는 것을 느낀 듯 국정원 요원이 재중에게 재촉했다.

"누구 명령입니까?"

재중이 나직하게 물었다.

"그건 아실 필요 없습니다."

당연히 예상은 했지만 역시나 무조건 몰라도 된다는 말이 나온다.

재중이 피식 웃자 국정원 요원들은 재중이 고집을 부린다고 생각했는지 살짝 눈살을 찌푸렸다.

그러고는 재중의 팔에 자신들의 팔을 집어넣더니 강제로 데려가려고 했다.

"......?"

그런데 이게 어찌 된 일인가?

재중의 양팔을 잡고 움직이려던 국정원 요원들은 한 발도 움직이지 못했다.

순간 당황한 요원들은 서로를 쳐다보곤 다시 재중을 바라보았다.

재중은 그러거나 말거나 다시 조용히 물었다.

"누구의 명령입니까?"

"아실 필요 없다고 말씀드렸습니다만 이렇게 협조적이지 않는다면 저희도 안타깝지만 힘을 쓸 수밖에 없습니다, 선우재중 씨."

국정원 요원들은 재중의 팔을 잡고 어떻게든지 움직이려고 용을 쓰면서 강압적으로 말했다.

재중은 그 모습을 보면서 피식 웃곤 어깨를 한 번 움직였다.

"헛!"

"헉!"

재중의 양팔을 잡고 낑낑거리던 국정원 요원 둘이 순식간에 튕기듯 재중의 몸에서 떨어져 나갔다.

"마지막으로 묻습니다. 누구의 명령입니까? 제가 직접 청와대와 통화를 해야 합니까?"

"……."

"……."

재중이 무력시위와 함께 청와대라는 말을 꺼냈다.

그러자 시종일관 강압적으로 나오던 국정원 요원들의

표정이 똥 씹은 표정으로 변하는 것이 아닌가?

그런 그들의 모습을 본 재중은 피식 웃었다.

의외로 요원들의 반응을 보니, 자신이 생각한 최악의 상황은 아닌 듯했다.

국정원 요원이 움직이는 경우는 국가의 명령을 받았을 때이다.

즉 정상적인 명령을 받아서 찾아왔다면 재중이 마지막으로 청와대에 직접 통화한다는 말을 듣고서 저렇게 노골적으로 똥 씹은 표정을 지을 이유가 없었다.

그런데 뒤쪽에 있던 국정원 요원이 슬쩍 재중의 앞으로 움직이더니,

"연락을 하신다면 저희도 어쩔 수 없겠지만, 한동안은 저희의 보호를 받으셔야 합니다."

재중이 고집을 부리기 시작하면 자신들도 곤란해진다는 것을 느꼈나 보다.

그는 빠르게 다른 요원들을 보면서 고개를 끄덕였다.

덥석!

그가 신호를 보내기 무섭게 순식간에 세 명의 요원이 재중에게 들러붙었다.

그러고는 한꺼번에 힘을 썼다.

그들은 어떻게든 멈춰 있는 재중이 움직이게 해야 했다.

"헉, 헉헉!"

"안 됩니다, 팀장님."

"꿈쩍도 안 해요."

하지만 무려 세 명이 붙어서 용을 써도 어찌 된 일인지 재중은 조금도 움직이지 않았다.

아니, 오히려 재중에게 붙어서 용을 쓰던 요원 세 명의 얼굴이 붉게 달아오를 지경이다.

국정원 요원이 어떤 사람들인가? 다들 특수 훈련을 거친 정예 중의 정예이다.

그런 요원 세 명이 붙어서 호리호리한 몸매의 재중을 움직일 수 없다?

도무지 이해할 수 없는 일이었다.

"선우재중 씨, 이러시면 곤란해집니다."

팀장도 설마 이런 황당한 일이 벌어질 것이라고는 생각지 못한 듯했다.

그래서인지 지금 상황에 당황한 기색을 숨기지 못하고 있었다.

무엇보다 그들을 곤란하게 하는 것은 바로 사람들의 시선이었다.

재중은 정식 언론을 통해 공식적으로 알려진 인물은 아니다.

천산그룹 천 회장처럼 사회 전반적으로 영향력을 가진 재벌도 아니고, 단기간에 주식을 통해 홀로 개인의 재력을 불린 인물이기 때문이다.

말하자면 재중은 부자이기는 하지만 사회 저명인사라고는 할 수 없었다.

하지만 이미 20~40대 사이에서는 가장 핫한 이슈를 불러일으킨 사람이 아닌가?

더구나 이곳은 공항이었다.

한국보다 오히려 외국에서 유명한 재중에 대해서 아는 사람이 많을 수밖에 없다.

이렇게 사람의 시선을 끄는 상황이 계속될수록 재중에게 유리할 뿐이었다.

당연히 국정원 요원들이 이런 상황에 대해 모를 리 없었다.

그래서 강제로 데려가려고 힘을 쓴 것이다.

하지만 상식 밖으로 세 명이 붙어도 재중 하나를 어찌하지 못하는 상황이 벌어졌다.

결국 팀장이라는 녀석은 재중을 노려보며 말했다.

"협조를 부탁드리는 건데 이런 식으로 나오시면 선우연아 씨에게도 좋지 않은 일이 생길……."

덥석!

팀장은 재중이 도무지 자신의 말에 따르지 않자 재중의 유일한 가족인 연아를 들먹이면서 협박하려 했다.

 하지만 연아에 대해서 입을 열자마자 그동안 가만히 서 있던 재중이 갑자기 팀장의 목을 잡더니 그대로 들어 올렸다.

 오히려 체격이 훨씬 큰 팀장이 마른 몸의 재중의 팔에 매달려 있는 모습으로 말이다.

 그리고 재중이 움직이는 순간, 재중과 국정원 요원들의 모습이 공항에서 사라져 버렸다.

 물론 세프도 함께 사라져 버렸다.

                    *   *   *

 "뭐야?"

 철컥!

 철컥철컥!

 한순간이었다.

 분명 국정원 요원들은 방금 전까지 자신들이 있던 공항이 아닌 나무가 울창한 숲이라는 사실에 당황하고 있었다.

 하지만 그러면서도 기계적으로 품에서 권총을 꺼내더

니 재중을 향해 총부리를 겨눴다.

"그만! 더 이상은 발포할 수도 있습니다, 선우재중 씨!"

주변이 갑자기 공항에서 숲으로 바뀐 것도 황당했다.

하지만 그것보다는 지금 당장 그들의 팀장이 재중의 손에 잡혀서 매달려 있다는 사실을 위기로 느낀 듯했다.

권총까지 꺼내 들고 재중에게 외칠 정도로 말이다.

그런데 갑자기 재중을 향해 권총을 겨누고 있던 요원 세 명의 몸이 뻣뻣하게 굳어버리는 것이 아닌가.

털썩! 털썩! 털썩.

그러고는 마치 뻣뻣한 통나무가 쓰러지듯 그대로 일자로 뻗어버렸다.

재수 없게 앞으로 넘어져 코가 깨진 건지 땅바닥에 피를 흘리는 요원도 있었다.

물론 재중은 그런 녀석에게는 애초에 관심도 없었다.

"누구의 명령이냐?"

오로지 재중은 자신이 목을 틀어쥐고 있는 팀장의 눈동자만 똑바로 쳐다보면서 조용히 다시 물었다.

물론 강한 살기를 담아서 말이다.

"쿨럭! 그건… 국가… 기밀이라… 쿨럭!"

하지만 팀장이라는 녀석은 재중에게 목이 잡혀서 허공에 허우적거리면서도 국가 기밀이라는 황당한 말을 했다.

거기다 쓰러진 자신의 부하들을 보곤 재중에게 경고까
지 했다.

"이 순간부터… 쿨럭… 당신은 국가의 감시를… 쿨럭…
받게 될 거요."

씨익~

하지만 재중은 그의 협박에 오히려 조용히 입가에 미소
를 지었다.

그리곤 목을 쥐고 있던 팀장이라는 녀석을 그대로 위로
들어 올렸다가 땅에 내리꽂아 버렸다.

쿵!

"쿨럭!!"

재중의 갑작스런 행동에 팀장도 정신이 없었다.

설마 자신을 땅바닥에 내리꽂을 줄은 상상도 못했다.

사실 아무리 힘이 강하고 훈련을 했다고 해도 그는 일
반 사람도 아닌 고도의 훈련을 거친 국정원 요원이었다.

일반적으로 그런 그의 목을 쥐고 한 팔로 들어 올린다
는 것은 이미 상식을 벗어난 일이다.

설마 하니 국가 소속의 요원이 땅바닥에 내리꽂히리라
고 누가 상상이나 했을까?

지금 땅바닥에서 오징어처럼 온몸을 비틀면서 신음을
토하는 팀장도 상상해 본 적이 없었다.

"셰프."

―네, 재중 님.

"이것들을 보낸 녀석이 누구지?"

그래도 국가 소속의 요원이라고 끝까지 말하지 않는 모
습이다.

재중은 괜히 시간 낭비할 필요 없이 셰프에게 물었다.

―3선의원인 박창길 국회의원입니다.

3선의원이라는 말에 재중이 피식거렸다.

3선이면 세 번이나 국회의원에 출마해서 당선되었다는
말이다.

웬만한 권력과 재력이 없으면 세 번이나 국회의원이 된
다는 것은 불가능한 곳이 바로 한국이다.

하지만 그게 끝이 아닌 듯했다.

―다음 대선 후보로 거론되는 인물이기도 합니다.

"다음 대통령 후보라는 말이군."

―네.

그제야 이 녀석들이 왜 왔는지, 어째서 정부에서 국정원
을 재중에게 보냈는지 모든 퍼즐이 재중의 머릿속에서 맞
춰지기 시작했다.

두바이 왕가에서 재중과의 관계에 힘을 써달라고 해오
자 박창길 의원이 먼저 움직인 것이다.

정부에서는 재중에게 눈치껏 접근하려고 시간을 지체하는 사이에 말이다.

　박창길 의원은 재중을 돈만 많이 번 젊은 놈이라고 생각했을 것이 뻔했다.

　붙잡아다가 어느 정도 협박과 회유를 해서 두바이 왕가가 원하는 재중과의 관계에 자신이 중간에 끼어들 계획으로 말이다.

　한마디로 정부와 재중 사이에 박창길이라는 녀석이 끼어든 셈이다.

　뱀 같은 녀석이다.

　하지만 냉정하게 봤을 때, 정치가로서는 능력이 있는 셈이기도 했다.

　물론 상대가 재중이 아니었을 때의 이야기이다.

　"테라."

　재중이 나직하게 부르자,

　쑤욱~

　─네, 마스터.

　재중의 그림자에서 테라가 솟아나듯 모습을 드러냈다.

　"박창길을 이곳으로 데려와."

　─네, 마스터.

　3선 국회의원?

그게 어쨌단 말인가?

인간들 사이에서의 알량한 권력 따위는 애초에 재중에게 논외의 문제였으니 상관없었다.

Chapter 04
세프의 능력

재중귀환록

재중의 명령을 받고 정확하게 30초 뒤, 테라는 박창길의 목덜미를 쥐고 재중 앞에 모습을 드러냈다.

　"뭐, 뭐야?"

　아직 한낮인 것을 생각하면 도저히 이해하지 못할, 팬티한 장만 달랑 입고 있는 모습으로 말이다.

　"헉! 선우재중?"

　갑자기 주변 환경이 영화 컷이 지나가듯 바뀌어 버린 상황에 놀라하던 박창길이다.

　당황해하던 그가 재중을 알아보고는 놀라서 재중을 향

해 손가락질했다.

찰싹!!

그 순간, 갑자기 박창길의 뺨이 불꽃을 튀면서 세차게 돌아갔다.

"박창길, 국정원을 마음대로 움직여도 괜찮은가 보지?"

"그게 무슨 말이냐? 내가 국정원을 움직였다니 그런 말도 안… 헉!"

재중의 말에 본능적인지 아니면 그동안 정치하면서 몸에 익숙해진 것인지 무조건 아니라고 잡아떼던 박창길이었다.

하지만 곧 박창길의 눈에 땅바닥에 쓰러진 사람들이 들어왔다.

그리고 그는 쓰러진 사람 중에서 자신이 수족처럼 부리는 국정원 팀장을 확인할 수 있었다.

박창길이 놀란 눈으로 재중을 쳐다봤다.

"이건 무슨 상황……."

당황한 박창길은 지금 이 순간에도 어떻게 이 상황에서 빠져나가야 할지 고민 중이었다.

이런 황당한 상황에도 말이다.

본능이라고 해도 딱히 틀리지 않을 정도의 적응력을 보여주는 박창길이다.

하지만 상대가 재중이라면 그것도 부질없는 몸부림에 지나지 않았다.

찰싹!

열심히 머리 굴리는 것이 뻔히 눈에 보이는데 재중이 그대로 놔둘 리가 없었다.

딴생각을 하는 것이 보이자 재중은 다시 박창길의 뺨을 후려쳤다.

한낮에도 별이 보일 만큼 강하게 말이다.

"왜… 도대체 왜 이러는 겁니까?"

박창길은 연속으로 두 번 뺨을 두들겨 맞자 이유는 모르지만 본능적으로 무조건 발뺌해야 한다고 판단한 듯했다.

박창길이 억울한 표정을 지으면서 재중에게 항의했다.

하지만 그런 박창길의 모습을 본 재중은 다시 손을 들더니,

찰싹! 찰싹! 찰싹!!

말없이 계속 뺨을 후려치기 시작했다.

그것도 양쪽을 번갈아가면서 말이다.

"전 모릅니다!! 아무것도 몰라요!! 왜 나한테 이렇게 하는 거요!! 그만!! 그만!! 살려주세요!!"

맞는 횟수가 늘어갈수록 악을 쓰면서 아니라고 하던 박

창길이다.

하지만 그의 외침은 결국 살려달라는 말로 마무리되었
다.

그리고 놀랍게도 그의 입에서 살려달라는 말이 나오자
재중이 때리는 것을 멈추었다.

"왜 이러는 겁니까? 제발… 저는 상관없습니다."

재중이 더 이상 때리지 않는다는 것을 느낀 박창길은
더 맞기 싫은 건지, 아니면 발버둥인지 재중에게 울면서
사정하기 시작했다.

하지만 그렇게 사정하던 박창길은 재중과 눈이 마주치
는 순간,

섬뜩!

마치 북극의 얼음보다 더 차가운 재중의 눈동자를 마주
하곤 온몸이 얼어붙듯 정지했다.

'위험해. 위험해.'

박창길이 그동안 정치 인생을 살면서 단련된 본능이 맹
렬하게 경고하기 시작했다.

위험하다고 말이다.

그것도 자신의 목숨이 경각에 달릴 때만 울리던 경고가
지금 이 순간 맹렬하게 울리기 시작했다.

하지만 어찌 된 일인지 박창길은 손가락 하나 까딱할

수 없었다.

"세프."

―네, 재중 님.

"이놈이 사라져도 뒤탈 없게 할 수 있나?"

재중이 나직하게 물어보자,

―어느 정도를 원하십니까?

오히려 원하는 것을 말하라는 세프의 말에 재중은 잠시 생각하더니 말했다.

"이놈은 사라지는 거지만 이 녀석과 관련된 녀석들이 모조리 무너질 만큼 말이야."

처음에는 박창길만 처리하려고 하던 재중은 생각을 바꾸었다.

결국에 이런 놈이 태어나고 자란 집안이면 결국 같은 녀석이 또 나올 수밖에 없는 환경이다.

그런데 이놈만 사라진다고 해결될까?

아니다.

지금이야 재중이 있기에 문제없지만 만약 재중이 수면기에 들고 없을 때 이 녀석의 핏줄이 연아를 협박할 수도 있었다.

거기다 이미 박창길의 명령으로 재중을 찾은 국정원 요원이 연아를 언급하면서 협박까지 한 상황이다.

어느 정도는 손을 써야 한다고 판단한 것이다.

―알겠습니다.

별다른 설명도 없는 셰프였다.

하지만 대답을 했으니 이후로는 재중이 굳이 신경 쓸 필요가 없다.

답변을 받은 재중이 다시 고개를 돌려 공포에 질린 표정으로 굳어버린 박창길을 돌아보았다.

재중의 입가에 미소가 그려지기 시작했다.

"뭐 듣는 건 상관없으니 말하지. 넌 너무 욕심을 부렸어. 적당히 움직였어야지. 크크크큭. 세상에는 절대로 건드리지 말아야 할 존재가 있다는 것을 몰랐다는 것이 너의 죄다."

천천히 일어선 재중이 테라를 보면서 말했다.

"이 녀석, 심해로 던져 버려."

―네, 마스터.

셰프가 있어서인지 테라도 평소와 달리 재중의 명령에 간단하게 대답하고는 그대로 박창길을 끌고 사라져 버렸다.

셰프는 재중의 말을 듣자마자 곧바로 미국 쪽에 전화를 걸더니 간단하게 몇 마디 명령만 내리고는 끊었다.

―미국 쪽에 한국 정부에 압박을 넣도록 조치해 놓았습

니다. 박창길과 관련된 모든 사업체부터 사람들에게 전면적으로 조사가 들어가게 해놓았으니 혹시라도 결과가 마음에 들지 않는다면 말씀하십시오, 재중 님. 그때는 제가 직접 움직이겠습니다.

"눈에는 눈인가? 훗, 그것도 지켜보는 맛이 있겠지."

박창길이 정치인이기에 우선 미국을 움직여 정치적으로 강하게 압박을 가해 사라진 박창길에 대해 정부에서 입도 뻥긋하지 못하도록 처리한 것이다.

재중은 세프의 방식이 나쁘지 않았는지 나름 만족한 표정을 보였다.

테라와 처리 방식이 다른 것도 나름 재중에게는 신선한 요인이었다.

하지만 그보다는 우선 세프가 얼마나 일 처리를 잘하는지 재중도 궁금했기에 지켜보기로 했다.

한편 재중의 이 한마디 때문에 지금 미국 정보국과 정부에 한바탕 소동이 일어났다는 것은 알 리 없었다.

잊을 만하면 연락이 오는 세프였지만, 결코 가볍지 않은 존재였으니 말이다.

물론 이렇게 일을 시키고 나서 미국에서 원하는 정보를 세프가 또 전해주는 것이 대가였다.

그렇기에 지금 미국은 세프의 연락을 받고 나서 한국

정부를 압박하는 것과 동시에 그 대가로 어떤 정보를 요구할지 고민하고 있을 것이다.

물론 미국이 원하는 정보가 무엇인지는 세프도 대충 짐작하고 있긴 했다.

지금 미국이 가장 원하는 것은 테러 단체의 정보일 테니 말이다.

정보의 가치를 정하는 것은 파는 사람이 아니라 그것을 원하는 사람이라는 말이 있다.

언뜻 보기에는 뭔가 손해 보는 것 같은 거래일지라도 그것이 정보라는 특수한 상황과 맞물리면 동등하게 되어버린다.

지금처럼 말이다.

*   *   *

재중은 국정원 요원들까지 세프를 통해 돌려보냈다.

물론 그 과정에서 미국 대사가 직접 세프를 찾아와 같이 움직인 것은 두말할 필요도 없었다.

그런데 뜻밖에도 미국뿐만 아니라 프랑스와 영국대사까지 움직였다.

조금 의외였지만, 오히려 그래서 한국 정부에 확실하게

말이 먹혀들긴 했다.

삼국의 대사가 직접 움직였으니 말이다.

그러면서 그동안 박창길이 저지른 비리까지 모두 공개되기까지 했다.

일이 이렇게 되자 한국 정부는 오히려 재중에게 사과해야 할 판이 되었다.

재중이 준 100억 달러 중에 무려 10억 달러를 박창길이 꿀꺽한 것이 드러난 것이다.

물론 청와대도 난리가 난 것은 두말할 필요가 없었다.

국정원 요원이 국가가 아닌 비리 의원의 명령으로 움직인 것도 창피한 마당이다.

그런데 그 의원이 재중이 준 돈의 1/10을 꿀꺽했다는 것까지 미국을 통해 알게 되었으니 말이다.

만약 이걸 계기로 재중이 한국 국적을 포기한다는 말이 나온다면 그건 한국에서는 이만저만한 망신일뿐더러 손해도 막심할 터였다.

아마 다른 국가들이 쌍수를 들고 환영할 것이다.

지금도 어떻게든지 재중과 접촉해서 자신의 나라로 끌어들이려고 혈안이 되어 있는 상황이다.

일반적인 기업을 가진 부자라면 이렇게 난리치지 않았을 것이다.

하지만 재중의 경우는 좀 특수한 상황이다.

첫 번째로 재중은 지금 재산의 기반이 되는 시설이나 땅이 전혀 없었다.

즉 재중이 움직여서 정착하면 그곳이 또 다른 시작점이 되는 것이다.

거기다 테라는 이미 세계적으로 수많은 기업과 사업체에 투자해 놓고 있었다.

막상 재중은 본인은 모르지만 그 영향력이 상상을 초월할 만큼 막강했다.

특히나 영국과 미국, 그리고 프랑스가 재중에 이토록 관심을 가지는 데는 이유가 모두 재중의 돈이 기본적으로 깔려 있기에 가능한 것이다.

바로 재중이 마음먹고 돈을 움직이기만 하면 아무리 영국이라도 경제가 휘청거릴 수 있을 만큼 경제 부문에서 재중의 비율이 상당하기 때문이다.

테라가 그동안 대리인을 세워서 눈에 띄지 않게 조금씩 먹어치운 것이 결국 반 수준을 넘어설 정도로 덩치가 커졌다.

그것을 정보라면 세계적으로 알아주는 기관을 운용하는 나라들이 알아채자 곧바로 재중을 찾았고 동시에 움직인 것이다.

물론 직접적으로 재중에게 접근하진 않았다.

워낙에 많은 국가에 투자하다 보니 어느 한 국가가 재중에게 접근하려고 하면 다른 국가가 그것을 막는 상황이 벌어졌기 때문이다.

조금은 웃기지만 서로가 서로를 경계하다 보니 보이지 않는 보디가드가 생긴 셈이다.

물론 이제는 세프가 재중의 곁에 있는 이상 그런 것도 무의미하지만 말이다.

그런데 지금 전 세계적으로 이토록 막강한 영향력을 가진 재중이 지금 난감한 표정을 짓고 있었다.

그 이유는 영국도, 미국도, 제3국 어느 곳도 아니다.

Chapter 05
검예가로

재중귀환록

"어떻게 안 거야?"

재중의 옆에 언제나 보여주던 환한 미소 대신 조금은 화가 난 듯한 표정으로 재중을 바라보고 있는 천서영이 있었다.

그리고 그런 천서영과 상관없이 재중에게 서슴없이 다가와 여러 가지 경과를 보고하는 세프의 모습이 너무나 묘한 대조를 이루고 있다.

재중을 보는 천서영의 표정만 보면 마치 바람피우다 애인에게 걸린 모습이었다.

하지만 재중의 평소와 다름없는 모습, 그리고 셰프의 평안한 표정을 보면 왠지 천서영이 끼어든 것 같은 묘한 오해를 불러일으키기도 했다.

"비서실에서 들었어요."

재중의 물음에 찬바람이 쌩쌩 부는 천서영의 한마디가 돌아왔다.

하지만 재중은 그런가 보다 하는 표정이다.

"에휴."

재중에게 화가 났으니 어떻게든 자신을 달래달라는 뜻을 강하게 표현하던 천서영이었다.

하지만 결국 제 풀에 지친 듯 한숨을 쉬더니 재중 옆으로 다가와 팔짱을 끼었다.

그러면서 셰프를 힘껏 노려보는 것도 잊지 않았다.

―처음 뵙겠습니다. 비즈니스 때문에 잠시 재중 님과 함께하는 셰프입니다.

"재중 씨와 사귀고 있는 천서영이에요."

굳이 재중과 사귀고 있다는 말을 강조하면서 셰프에게 자신을 소개하는 천서영의 모습에 재중은 피식 웃어버렸다.

사실 알고 보면 셰프는 필요에 의해서 함께하는 것뿐이다.

그렇다고 이런 사정을 모두 이야기해 줄 수도 없었다.

그녀가 알아서 좋을 것이 없는 세계이기도 했지만, 근본적으로 드래곤이라는 존재에 대해서 이해시킬 방법도 없었다.

그런데 이번 세프의 일 때문일까?

천서영의 행동이 바뀐 것이 아마 이때부터였다.

천서영은 재중이 가는 곳마다 모두 따라다니려고 했다.

사업적인 일까지 모두 연아에게 미뤄두고서 말이다.

그나마 캐롤라인이 계약 때문에 또 브라질로 간 상황이라 이 정도인 셈이다.

캐롤라인까지 합세했다면 아마 모르긴 몰라도 상당히 시끄러운 상황이 벌어졌을 것이다.

"어디로 가는 건가요?"

여자의 본능인지, 아니면 세프의 미모가 위협이 된다고 느낀 것인지 재중의 옆에 바싹 붙어서 따라다니는 천서영이다.

하지만 붙어 있기만 할 뿐 정작 어디로 가는지는 몰라 재중에게 물었다.

"검예가로 가는 중이야."

"검예가요? 아, 가주님과 재중 씨가 아는 사이죠?"

천서영은 재중의 입에서 검예가라는 이름이 나오자 자

신이 살아나게 된 계기가 바로 검예가라는 것을 뒤늦게 생
각해 냈다.

사실 검예가에서 재중에 대해 알려주지 않았다면 천서
영은 지금 이 자리에 있지 못하고 진작 흙으로 되돌아갔을
것이다.

물론 천서영도 검예가를 잘 알고 있었다.

어릴 때 그곳에서 제법 지낸 적이 있었다.

가주는 물론 백인혜와도 꽤 친하게 지냈다.

요즘은 바빠서 찾아가지 못하고 있었기에 재중이 검예
가에 간다는 말에 환하게 웃었다.

천서영은 자신도 오랜만에 가는 것이라 그런지 살짝 들
뜬 표정을 지었다.

"응."

"오랜만이네요. 저도 몸이 좋아지고 나서는 처음 가는
셈이니까요."

"그래?"

"사실 아는 사람은 적지만 가주님의 아들인 성진 씨에
게 인혜를 소개한 것이 바로 저예요."

"……?"

사실을 아는 사람은 적지만 지금 검예가의 가주 아들에
게 백인혜를 소개해 준 것이 바로 천서영이었다.

다만 가주의 아들이 죽으면서 자신이 소개해 준 백인혜가 미망인이 되어버리는 바람에 선뜻 찾아가기가 애매해져서 찾아가지 못하게 되었었다.

그런데 재중이 뜻밖에도 검예가로 간다니 진심으로 기뻤다.

재중은 천서영의 말을 듣고 조금 놀란 표정이 되었다.

하지만 천산그룹과 검예가의 관계를 생각하면 뜬금없는 것도 아니기에 고개를 끄덕였다.

예전 검예가의 가주가 재중에게 실례가 될 것을 알면서도 천산기업에 재중을 소개했을 정도였으니 말이다.

그런데 검예가에 거의 다가왔을 무렵이다.

─재중 님.

"……!"

굳이 셰프가 부르지 않아도 재중도 느끼는 중이다.

검예가에 가까이 다가갈수록 진하게 느껴지는 마나의 향기를 말이다.

"어찌 된 일이지?"

재중이 나직하게 묻자,

─음.

셰프는 천서영을 쳐다보며 쉽게 말을 하지 못했다.

그러자 재중은 마나를 이용해서 다시 셰프에게 물었다.

'어떻게 된 거지? 검예가에 마법진이라니? 그것도 방어 마법진인 것 같은데?'

재중이 직접적으로 물어보자,

—저도 미처 파악하지 못한 것입니다. 죄송합니다, 재중 님.

사실 세프는 지구 전체를 살펴보는 것이 주된 임무였다.

즉, 지속적으로 한 곳을 집중적으로 들여다보는 것이 아니라, 전체적인 흐름을 살핀다고 하는 게 맞을 것이다.

사실 재중이 아니라면 세프에게 한국이라는 땅은 그다지 깊게 파고들어야 할 이유가 없는 곳이기도 했다.

다만 재중 때문에 뒤늦게 정보를 수집하고 움직이긴 했다.

하지만 늦게 조사를 시작한 탓에 세심하게 파악하지 못한 것이라고 생각하면 충분히 이해할 수 있었다.

그러나 검예가에 펼쳐진 마법진을 생각하면 이건 상당히 뜻밖인 일이다.

거기다 드래곤인 재중과 가디언인 세프 정도의 존재가 아니면 쉽게 느끼지도 못할 만큼 은밀하게 펼쳐진 마법진이었다.

그것이 바로 지금 재중과 세프를 의문에 빠져들게 하는

이유였다.

—설마 이 정도로 은밀한 마법진이 검예가에 있을 줄
은……. 혹시 재중 님이 예전에 검예가를 찾으셨을 때도
있었습니까?

셰프는 오히려 재중에게 물었다.

'아니. 아무리 그때는 내가 각성하지 못한 상태였다고
해도 마나 감응 능력은 지금과 별 차이가 없었으니 없었다
고 봐야겠지.'

그때는 재중이 지금처럼 완전한 드래곤으로 각성하지
못한 상태였긴 했다.

하지만 그렇다고 해도 마나를 느끼는 능력은 큰 차이가
없었다.

어차피 재중이 마나를 감지하는 능력의 대부분은 그의
몸속에 녹아 있는 나노 오리하르콘이 반응하는 것이다.

그렇다면 이 모든 상황을 종합하면 결론은 하나였다.

'내가 검예가에 대해 관심을 접은 뒤부터 무슨 일이 있
었다는 것이군.'

그것 외에는 지금의 상황을 설명해 줄 방법이 없었다.

물론 이제는 가주에게 직접 물어봐야겠지만 말이다.

'뜻하지 않게 잘 찾아온 셈이야.'

재중은 의도하지는 않았지만 검예가에서 마법을 발견

하게 되자 조용히 웃었다.

다른 곳보다 검예가라면 최소한 재중에게는 호의적일
것이다.

*   *   *

"이런! 자네가 어쩐 일인가?"

역시나 재중이 검예가를 찾자 가주가 직접 재중을 마중
나왔다.

환하게 웃는 얼굴로 말이다.

거기다 백인혜도 같이 재중을 맞이해 주었다.

그런데 못 보던 여자애 하나가 백인혜 옆에 딱 붙어서
는 재중을 물끄러미 쳐다보고 있었다.

"그때 보았던 딸 다연이에요."

백인혜가 재중에게 자신의 딸을 소개했다.

하지만 처음 보는 재중이 무서운지 백인혜의 품에 파고
드는 모습에 재중은 피식 웃었다.

이맘때 어린애들은 당연히 처음 보는 사람을 무서워한
다.

그런데 백인혜는 재중을 무서워하는 딸의 모습에 어쩔
줄 몰라 했다.

자신뿐만 아니라 딸도 재중에게 생명의 은혜를 받았기에 그녀는 미안하다고 사과했다.

"아닙니다. 어린아이가 처음 보는 사람을 어려워하는 것은 당연한 일이죠."

재중은 별것 아니라는 듯 웃어 넘겼다.

그런데 백인혜의 딸이 특이한 것은 재중을 경계하면서도 이상하게 재중에게서 시선을 떼지 않고 있다는 것이다.

보통 어린애들이 경계하거나 어려워하면 시선도 마주치려고 하지 않다.

그런데 백인혜의 딸은 어려워하면서도 이상하게 재중에게서 시선을 떼지 않고 있었다.

재중도 그런 특이한 모습을 눈치챘지만 모른 체했다.

어린아이의 호기심일 수도 있었다.

"그런데 자네가 어쩐 일인가? 요즘 바쁜 사람으로 알고 있는데 말이야. 허허허허."

가주는 TV에서부터 시작해 한국을 떠들썩하게 하고 있는 재중의 소식에 마치 자신이 유명해진 듯 기분 좋아하고 있었다.

물론 재중이 그 후로 자신을 찾아오지 않는다는 것은 조금 섭섭하긴 했다.

하지만 작은 인연으로 붙잡기에는 재중이 너무나 큰 사람이라는 것을 알기에 그런 섭섭함은 금방 잊어버렸다.

그런데 그런 재중이 갑자기 자신을 찾아오자 놀랍기도 하고 한편으로는 기쁘기도 했다.

"잠시 물어볼 말이 있어서 찾아왔습니다."

"그래? 그럼 나를 따라오게."

검예가의 가주가 직접 마중 나왔다는 것도 사실 놀라운 일이었다.

이미 가주가 재중과 친근하게 대화를 하는 모습을 본 주변 사람들 모두가 놀란 표정을 짓고 있었다.

하지만 곧 재중이 누군지 알아본 사람들이 하나둘 늘어갔다.

그러면서 오히려 가주가 직접 마중 나왔다는 것 이상으로 놀란 표정을 숨기지 못하는 검예가의 사람들이다.

"200억 달러의 남자 아니야?"

"맞아. 스페인에 친구 결혼 선물로 200억 달러를 준 통 큰 남자. 뭐라더라? 월가의 괴물이라던가? 요즘 한창 떠들썩하게 했던 사람이잖아."

"헐. 가주님과 친해 보이는데 인연이 있으신 건가?"

"그럴지도. 거기다 옆에 천서영 씨도 있는 걸 보면 확실해."

검예가에서도 천산그룹과 인연이 있다 보니 천서영에 대해서는 아는 사람이 많았다.

특히 검예가 본가에 있는 사람들은 필수적으로 천산그룹의 직계가족은 알고 있어야 했다.

천서영의 애인으로 알려진 재중이기에 천서영을 알아본 사람들은 대번에 재중도 알아보았다.

알려진 바로는 개인 재산이 세계 재벌급에 들어가는 재중이 검예가를 찾아왔다는 것에 놀라면서도 위축된 모습을 보여주기도 했다.

사람들이 그러거나 말거나 가주는 신경도 쓰지 않고 걸음을 옮겼다.

그렇게 가주가 재중을 데리고 간 곳은 별채로 사용되는 곳이었다.

탁자와 고풍스러운 장식이 어울리는 기와집이다.

주변에 조용히 숨죽여 숨어 있는 사람들이 느껴지는 것을 보니 나름 경계는 잘되어 있는 곳인 듯했다.

"역시 자네는 느꼈나 보군."

가주는 재중이 정확하게 자신의 직속 호위인 암검이 숨어 있는 곳을 슬쩍 쳐다보는 모습에 나직하게 한마디 했다.

"그래도 예전에 비해서 실력이 늘었군요."

재중은 오히려 칭찬했다.

그 당시 암검들은 자신들이 여기에 있다는 것을 공공연히 알리듯 기세를 흘리고 다녔었다.

반면 지금은 수준급으로 기척을 숨기고 있었다.

그동안 많은 발전이 있었다는 뜻과 같다.

"허허허, 자네의 칭찬을 받다니, 그래도 내가 노력한 보람이 있군그래."

재중의 칭찬에 기분이 흡족해진 가주는 그대로 안으로 들어갔다.

내부는 기와집 모양의 외부와 달리 정갈하면서도 주변의 소음을 막는 방음 장치까지 깔끔하게 잘되어 있었다.

"앉게."

가주는 오랜만에 찾아온 재중을 귀한 손님 대하듯 자리를 권했다.

"그때 이후로 있었던 일을 듣고 싶어서 실례를 무릅쓰고 찾아왔습니다."

"그때? 음……."

재중이 말하는 그때가 한참 검예가에 태풍이 몰아치던 당시라는 것을 알고 있기에 가주는 말을 아꼈다.

"서영 씨, 잠시 자리 좀 피해줄래요?"

재중은 천서영은 물론 천산그룹에서도 아직 검예가에

큰일이 있었다는 것을 잘 모른다는 것을 느꼈다.

"그럼 저랑 같이 이야기해요."

재중이 천서영을 내보내려 하자 눈치 빠른 백인혜가 천
서영의 손을 잡고 일어섰다.

그런데 천서영은 순순히 일어서지 않았다.

자신은 나가는데 셰프는 그대로 앉아 있는 모습이 이상
했다.

애인인 자신도 자리를 피하는데 비즈니스 관계인 셰프
는 일어설 생각조차 하지 않고 있으니 말이다.

"셰프 씨는 있어도 되는 거예요?"

자신은 내보내면서 셰프는 그냥 두는 것에 추궁하듯 천
서영이 묻자,

"그녀와 내가 검예가에 온 이유가 같아요."

재중이 이렇게 말하자 할 말이 없어진 천서영이다.

"알았어요."

일 때문에 있겠다는데 더 이상 무슨 말을 하겠는가?

별수 없이 천서영이 백인혜의 손에 이끌려 밖으로 나가
려고 할 때였다.

백인혜의 손을 잡고 잘 걷던 딸이 그녀의 손에서 벗어
나더니 아장아장 재중에게 다가가는 것이었다.

"……?"

재중은 무서워서 피하던 아이가 자신에게 스스로 다가오자 고개를 갸웃거렸다.

"허허허, 내 손녀가 자네를 마음에 드는가 보군."

가주는 자신의 손녀가 재중에게 다가가는 것에 흐뭇하게 웃었다.

재중은 처음 만났을 때에도 비범했지만, 지금은 그 수준은 뛰어넘은 거물이 되어 있었다.

그런 거물과 친해져서 나쁠 게 없기도 했고, 자신의 손녀가 재중과 친해지면 개인적으로도 좋았다.

만약 검예가에 예전과 같은 일이 또 생긴다 해도 최소한 다른 사람은 믿을 수 없어도 재중만큼은 믿을 수 있는 사람이었으니 말이다.

꼬물꼬물.

아직 말도 제대로 하지 못하는 다연이가 재중의 무릎에 와서 앙증맞은 작은 손으로 재중의 옷자락을 잡더니 양팔을 벌려서 안아달라고 신호를 보냈다.

"허허허허, 자네가 어지간히 마음에 든 모양이군그래. 낯가림이 심한 아이인데 먼저 안아달라고 하는 것을 보면 말이야."

가주는 손녀가 재중에게 먼저 다가가는 것이 마냥 기특하기만 했다.

하지만 백인혜는 괜히 어른들 대화에 방해가 될까 봐 얼른 데리고 가려고 손을 뻗었다.

　아니, 뻗으려고 했는데 재중이 막았다.

　"괜찮습니다. 저도 아이는 좋아하거든요."

　그러고는 안아달라고 하는 다연이를 자연스럽게 안아서는 무릎에 앉혔다.

　"까르르르~"

　기분이 좋은지 환하게 웃는 다연이다.

　"어머, 얘가 이렇게 웃다니 별일이네."

　백인혜는 자신이 배 아파서 낳은 딸이지만 사실 다연이가 이렇게 환하게 웃는 모습을 본 것이 너무 오랜만이기에 무척 놀랐다.

　물론 가주도 마찬가지로 크게 웃는 다연이의 모습에 놀란 표정을 짓더니 백인혜에게 그냥 나가라고 손짓했다.

　"대화에 방해가 되면 내가 다시 부르마."

　"네? 네, 아버님."

　다연이라면 끔찍이 아끼는 가주가 그러니 백인혜도 어쩔 수 없었다.

　결국 백인혜는 다연이를 두고 천서영과 둘만 밖으로 나갔다.

　신기하게도 처음엔 그렇게 크게 웃으면서 좋아하던 다

연이는 그 후로는 조용히 재중의 무릎에 앉은 채 혼자 잘 놀았다.

뭐가 그렇게 좋은지 싱글벙글 웃으면서 혼자서 허공에 손짓을 하며 말이다.

"그보다 자네가 갑자기 찾아와서 그때의 일을 묻다니, 무슨 일이 있는 겐가?"

가주는 재중이 갑자기 소식이 뜸해진 것에 서운하긴 했지만, 그 당시에는 재중에게 신경 쓸 여력이 없을 만큼 정신없었다.

그런데 이제 어느 정도 정리가 되자 뜬금없이 찾아와 그때 이야기를 물어오자 이상한 느낌이 들었다.

재중은 솔직하게 말했다.

"사실 그 당시 검은 복면의 남자가 저를 찾아왔습니다."

"……!"

재중이 검은 복면의 남자라고 말하자 가주는 화들짝 놀라했다.

순간 자리에서 벌떡 일어서려는 것을 겨우 참는 모습이다.

"설마 그 녀석들이 자네를 찾아갔단 말인가?"

가주는 설마 김인철의 뒤에서 조종하던 녀석들이 재중

을 찾아갔을 것이라고는 생각지 못한 듯했다.

하지만 조금 생각해 보니 오히려 생각지 못한 것이 자신의 실책이었다.

당시 죽어가던 가주를 살리면서 김인철의 계획에 가장 큰 방해를 한 사람이 바로 재중이다.

그런데 검은 복면 녀석들이 재중을 그냥 둔다는 것은 사실 말이 안 되었다.

"미안하네. 내가 신경을 쓰지 못했군."

가주는 자신이 미처 그것까지는 생각지 못했다는 것에 사과했지만 재중은 고개를 저었다.

"어차피 제가 그런 녀석들에게 당하지 않을 것이라는 것은 가주님도 잘 아시지 않습니까?"

"뭐, 그렇긴 하지."

당시 가주가 벽을 무너뜨릴 수 있게 도와준 사람이 재중이다.

거기다 무력만 놓고 봐도 자신보다 훨씬 높은 경지에 있다.

아니, 어쩌면 그렇기에 가주는 검은 복면 녀석들이 재중을 찾아갈 것이라는 것을 생각지 못했을지도 몰랐다.

재중이 강하다는 것을 알고 있었으니 말이다.

"아무튼 녀석이 찾아와서 저에게 그러더군요. 더 이상

검예가에 관여하지 말라고 말입니다. 더 이상 관여하면
연아까지 위험해질 수 있다고 말했습니다."

"그렇게 된 거였군."

가주는 한숨과 함께 천천히 고개를 끄덕였다.

그 정도 이유라면 재중이 갑자기 발길을 끊은 것이 충
분히 이해가 되었다.

아니, 자신이라도 지금 재중의 무릎에 앉아서 즐겁게 놀
고 있는 다연이를 가지고 협박한다면 똑같은 선택을 했을
것이다.

이건 재중을 탓하기 이전에 가주가 재중에게 신경 쓰지
않은 것이 문제이기도 했다.

가주가 다시 사과했지만 재중은 아니라는 듯 웃었다.

"그런데 가주님."

"응?"

"어떻게 된 겁니까?"

재중이 함축적으로 물어본 것이지만, 가주는 재중이 묻
고 싶은 것이 무엇인지 알아차린 듯 허탈하게 웃더니 입을
열었다.

"허허허, 그게 참 뭐라고 해야 할지……. 사실 자네가
갑자기 연락을 끊었지만 난 그것에 신경 쓸 여력이 없었
네. 그놈이 끊임없이 뒤에서 검예가를 집어삼키기 위해서

별의별 짓을 다 했으니 말이야. 그리고 결정적으로 다연이를 납치했지."

　여기까지는 세프가 전해준 정보와 일치했다.

　그런데 분위기를 보면 이야기는 이제 시작인 듯했다.

Chapter 06
마나의 인도자

재중귀환록

"검은 복면 녀석들을 직접 만난 적이 있는 자네는 이 이야기를 들을 자격이 있지. 사실 다연이가 납치되고 도무지 행방을 찾을 수가 없어서 노심초사하고 있던 그때 그들이 찾아왔네."

"……?"

—……?

가주의 그들이라는 말에 세프와 재중이 동시에 고개를 갸웃거렸다.

"그들은 자신들을 마나의 인도자라고 하더군."

"마나의… 인도자."

재중은 가주의 말을 듣자마자 바로 떠오르는 것이 있었는데, 그것은 바로 마법사였다.

대륙에서도 마법사를 다른 말로 마나의 인도자라고 불렀다.

다만, 그 칭호는 마법사끼리 부르는 것이 아니라 일반 사람들이 마법사를 존경해서 부를 때 부르는 또 다른 호칭 중의 하나였다.

그렇기 때문에 대륙에서도 아는 사람이 그다지 많지 않은 칭호이다.

그런데 그런 칭호를 설마 지구에서 들을 줄 몰랐던 재중은 조금 놀란 표정을 지었다.

"그렇다네. 그리고 그들은 김인철 뒤에서 조종하던 검은 복면의 녀석들을 추적하고 있다고 하더군."

재중이 가주의 뜻밖의 정보에 세프를 쳐다보자 고개를 조용히 흔드는 그녀였다.

그녀는 사실 지금 가주가 말하는 마나의 인도자라는 존재에 대해 처음 들었다.

"그들이 나에게 다연이가 있는 곳을 알려주었네. 그리고 나와 암검, 마나의 인도자들과 함께 김인철 그놈과 검은 복면이 있던 곳을 급습했네. 물론 무사한 다연이를 보면 알다시피 잘 끝났지. 목숨이 여럿 죽어나갔지만……."

아마 가주가 직접 움직였으니 가주를 호위하는 암검과 검예가의 정예가 꽤 죽어나간 듯했다.

이야기를 들은 재중은 지금 검예가를 보호하듯 감싸고 있는 마법진도 어쩌면 그들이 설치해 준 것이 아닐까 하는 생각이 들었다.

"그럼 가주님, 지금 저택을 감싸는 마법진도 그들이 해 준 것입니까?"

"역시 자네로군. 그걸 알았다니 말이야."

가주는 재중이 마법진의 존재를 언급하자 놀란 표정을 지었다.

하지만 이내 재중이라면 아는 것이 당연할지도 모른다는 생각에 고개를 끄덕였다.

"맞네. 그들이 검은 복면 녀석들이 두 번째 김인철을 만들 수도 있다면서 최소의 방어 수단이 있어야 한다더군. 그러면서 대충 일주일 정도 이곳에 머물면서 무언가 설치했지. 나중에 그게 마(魔)를 쫓아내는 진법이라고 하더군."

재중은 가주의 말을 듣고선 조용히 세프에게 물었다.

'세프.'

—네, 재중 님.

'너도 전혀 몰랐던 녀석들이겠지?'

이미 셰프의 반응이 모든 것을 말해주고 있지만 재중은 확인하듯 물었다.

—네, 저도 처음 듣는 녀석들입니다. 그리고 지금 이곳에 펼쳐진 마법진의 수준을 생각하면 최소 4서클 이상의 마법사들입니다.

'4서클… 상급 마법사들이군.'

보통 1서클은 견습, 2서클은 하급, 3서클은 중급, 4서클은 상급 마법사로 분류했다.

그리고 5서클부터는 고위 마법사로 부르는 것이 대륙인 것을 생각하면 4서클 마법사들이 검예가를 찾아왔다는 말은 정말 놀라운 일이었다.

대륙처럼 마법이 발달한 곳이라면 그다지 이상한 일이 아니지만 이곳은 지구였다.

지구에 최소 4서클로 생각되는 상급 마법사들이 있다는 사실은 금시초문이었으니 말이다.

거기다 전 세계 대부분을 감시하고 있는 셰프도 전혀 모를 정도로 은밀하게 움직였다는 것도 놀라웠다.

아니, 어쩌면 그래서 셰프의 시선에 벗어났을지도 몰랐다.

지금껏 셰프는 지구에 마법이 없다는 고정관념을 가지

고 감시했었다.

하지만 상대는 마법을 사용해서 자신들을 숨겼을 테니 말이다.

즉 아무리 세프가 대단하다고 해도 마법을 배제하고 감시했다면 당연히 빈틈이 생길 수밖에 없었다.

라스푸틴만 봐도 세프가 찾지 못하는 것이 아마 비슷한 맥락일 것이다.

'모르던 세계가 있다는 것은 찜찜한데……'

라스푸틴만 해도 골치가 아픈데 라스푸틴 외에도 다른 마법사가 있다는 것은 아무래도 찜찜할 수밖에 없었다.

물론 검예가를 도운 것을 보면 그나마 흑마법을 사용하던 라스푸틴과 달리 정도의 길을 걷는 마법사라는 것은 짐작할 수 있다.

하지만 위안이 되긴 했지만 그뿐이다.

대륙이라면 몰라도 지구에 마법을 사용하는 마법사가 존재한다는 것은 재중에게 부담감으로 다가왔다.

마법의 힘을 누구보다 잘 알고 있는 재중이다.

일반적인 상식이 전혀 통하지 않는 힘, 그리고 과학으로 아무리 대비해도 소용없는 힘이 바로 마법이다.

하지만 지금은 일어나지 않은 일을 염려하는 것보다 더 중요한 것이 있었다.

재중은 검은 복면을 쫓고 있는 그들만 만날 수 있다면 어쩌면 그들이 자신의 궁금증을 풀어줄 수도 있겠다는 생각이 들었다.

"가주님."

"응?"

"혹시 그 마나의 인도자들과 연락할 방법이 있습니까?"

"그들과 연락을?"

가주는 재중의 말에 잠시 고민하는 듯했다.

하지만 곧 고개를 끄덕였다.

아무래도 검예가의 재중은 치부를 모두 알고 있는 인물이기에 더 숨길 것도 없었다.

더구나 원인을 따져보면 자신 때문에 재중도 검은 복면으로부터 협박을 받았다.

"음, 우선 난 직접적으로 연락할 방법은 알지 못하네. 하지만 영국으로 가서 미카엘이라는 남자를 찾으면 될 거라고 생각하네."

"미카엘… 말인가요?"

"그렇다네. 혹시라도 검은 복면의 녀석들이 다시 찾아오면 자신들에게 연락을 달라고 하면서 영국에서 미카엘을 찾으라는 당부를 남긴 것을 보면 아마도 마나의 인도자들과 연락할 방법이 있을지도 모르지."

"영국 어디로 가야 합니까?"

영국이 무슨 동네도 아니고 이름만 가지고 찾는 것은 사실상 불가능하다.

재중이 물어보자 가주가 그럴 줄 알았다는 듯이 바로 답을 내놨다.

"우선 맨체스터로 가서 그곳에서 신문에 구인광고를 내도록 하게."

"……?"

구인광고라니?

뜬금없는 말에 재중이 고개를 갸웃거렸다.

"이상하게 들릴 수도 있겠지만, 그 구인광고가 그들과 접촉하는 유일한 방법이네."

그러면서 재중에게 다가와 나직하게 귓가에 속삭이듯 말을 해줬다.

이야기를 들은 재중은 저절로 고개를 끄덕일 수밖에 없었다.

구인광고를 신문에 싣는 것은 맞지만 그 내용은 무엇이라도 상관없다는 것이다.

일반 사람은 절대로 전화를 걸지 않을 엉뚱한 내용이면 되었다.

대신 구하는 사람 이름이 중요했다.

이름을 꼭 영문 대문자 'G'를 써야만 한다는 것이다.

그리고 이렇게 구인광고를 내면 늦어도 3일 내에 마나의 인도자가 찾아온다는 것이었다.

재중은 피식 웃었다.

언뜻 들어보면 옛날 방식인 것이 세계1차 대전 때 스파이들이 쓰던 방법이 떠올랐다.

그런데 살짝 생각을 바꿔보면 번거롭고 시간이 걸리긴 하지만 보안에 관해서는 오히려 요즘 첨단 기계보다 훨씬 안전할 수도 있겠다는 생각이 들었다.

최첨단 위성으로 감시하고 상상을 초월하는 방법으로 추적하는 세상이다.

아날로그적이긴 하지만 오히려 그래서 안전하다는 느낌이 든 것이다.

그리고 찾는 사람이 구인광고를 내야 한다는 것에서 이미 상대가 찾는 사람을 충분히 조사할 수 있는 시간적 여유까지 있었다.

보기에는 구닥다리 옛날 방식 같지만, 철저하게 자신들을 감추기에 유리하도록 만들어진 접선 방법이었다.

"알려주셔서 감사합니다."

재중은 가주가 자신이 알고 있는 모든 정보를 알려줬다는 것을 알기에 진심으로 감사를 표했다.

재중의 인사에 가주는 외려 손을 흔들었다.

"아니네. 사실 따지고 보면 나 때문에 자네도 그 녀석들을 만난 셈이니 말이야. 그런데 묻고 싶은 것이 그것뿐인가?"

가주는 오랜만 찾아온 재중이기에 반가운 마음을 담아 물어보았다.

"사실 그것도 그렇지만 본래 목적은 이제 이야기할 내용입니다."

"본래 목적이라면 원래는 그들에 대해서 묻고 싶은 것이 아니었다는 거군."

가주는 재중의 말에 고개를 갸웃거렸다.

"네. 원래는 혹시 검은 복면 녀석들에 대해서 아는 것이 있는지 묻고 싶었거든요."

"음, 그놈들에 대해서라……."

가주는 재중이 검은 복면에 대해서 단도직입적으로 물어보자 잠시 눈을 감았다.

물론 그 눈을 감는 행동은 고민을 하거나 주저해서가 아니다.

재중에게 어떻게 이야기해 줘야 할지 정리하는 것이기에 가주는 금방 눈을 떴다.

"음, 어떻게 이야기해 줘야 할지……. 우선 나도 아는

것은 그렇게 많지가 않네. 우선 그들이 왜 검예가를 노렸
는지는 나를 도와준 그들도 알지 못하니까 말이야. 하지
만 사실 검은 복면 녀석들이 조종하던 녀석이 김인철 외에
도 몇몇이 더 있다네."

"더 있다면?"

자신이 아는 김인철 외에도 검은 복면 녀석들이 뒤에서
조종하는 녀석이 더 있다는 말에 재중이 조용히 되물었
다.

"내 직계제자 모두 이미 검은 복면 녀석들과 접촉한 상
태였어."

"……."

즉 검은 복면 녀석들은 검예가의 가주의 직계제자 모두
와 접촉한 것이다.

그런데 그런 사실을 김인철도 모르고 있었다.

그의 성격에 그것을 알았다면 당연히 제거하려고 움직
였을 것이다.

순간 재중의 표정이 조금 굳었다.

집요하면서도 치밀하다는 생각이 들었다.

제자들을 따로 만나서 접촉하고 그렇게 접촉한 제자들
을 서로 경쟁시킨 것이다.

한마디로 검은 복면 녀석들은 뒤에서 가만히 앉아 있고

제자들끼리 서로 경쟁하듯 물어뜯을 수밖에 없는 링을 만든 셈이다.

왜냐하면 가주의 자리는 오직 하나였고, 그곳을 노리는 제자는 많았다.

한 나라에 왕이 둘이 될 수 없듯 검예가의 가주 또한 둘이 될 수 없었다.

결국 김인철이 아니라 다른 제자가 가주의 자리에 오른다고 해도 상관 없었다.

결과적으로 검은 복면 녀석들의 손아귀에 검예가가 떨어지는 시나리오가 모두 만들어져 있던 것이다.

"그래서 그때 있던 사람들 대부분이 지금은 없는 것이군요."

재중도 들어오면서 예전 검예가에서 본 사람들이 거의 없이 새로운 얼굴들이 대부분인 것을 이미 알아채고 있었다.

다만 그동안 자신이 오지 않는 동안 사람들이 교체된 것으로 생각했을 뿐이다.

하지만 속내를 알고 보니 어쩔 수 없이 사람을 모두 교체할 수밖에 없었던 것이다.

직계제자 모두가 검은 복면의 손아귀에서 놀아났는데 다른 사람들은 어떻겠는가?

모르긴 해도 아마 그 당시 검예가에 있는 사람 대부분이 검은 복면 녀석들의 명령을 듣고 있었는지도 몰랐다.

하지만 아무리 가주라도 본가의 사람을 전면적으로 교체하기는 쉽지 않았을 것이다.

수십 년 동안 검예가를 지켜온 사람들이니 말이다.

"다연이가 납치된 것이 계기가 되었군요, 가주님."

재중은 검예가의 모든 사람을 교체하게 된 결정적인 원인이 다연이가 납치된 일일 것이라고 생각했다.

그래서 재중이 나직하게 물어보자,

"그렇다네."

가주는 씁쓸한 표정으로 고개를 끄덕였다.

"사실 이곳 검예가의 보안은 청와대 정도는 된다고 난 자부하네. 거기다 다연이와 며늘아기가 지내는 곳은 내가 지내는 곳 바로 옆이기에 암검의 감시 범위에 있어 더더욱 그렇지. 하지만 그런 감시 속에서도 다연이가 납치되었네. 감쪽같이 말이야."

청와대는 최첨단의 장비와 고도의 훈련을 받은 사람들이 지키는 곳이다.

그리고 이곳 검예가는 그런 청와대를 지키는 사람들을 훈련시키고 키워낸 본거지나 마찬가지였다.

지금도 웬만한 공직에 있는 사람 대부분이 명절 때만

되면 검예가를 찾아와 가주에게 인사하는 것만 봐도 알 수 있었다.

그렇기에 가주가 직접 키워낸 암검대가 지키고 있는 이곳 검예가에서 다연이가 납치당했다는 것은 심각한 상황일 수밖에 없었다.

청와대만큼이나 보안을 자랑하는 검예가에서 가주의 직계 가족이 납치되었다는 것은 바꿔 말하면 청와대에서 대통령을 납치할 수도 있다는 말과 다름없었다.

"나의 주저함으로 어린것이 아픈 기억을 가지게 되었어."

가주는 다연이가 납치당한 뒤로 더더욱 사람을 무서워하고 꺼린다는 것을 알고 있었다.

그래서 그런지 다연이를 볼 때마다 자신의 실수가 떠올랐다.

만약 자신이 강하게 밀고 나가 당시 검예가의 사람을 일부만이라도 바꿔서 다연이를 지키게 했더라도 아마 납치까지 당하는 일은 없었을 것이다.

사실 예전 다연이는 잘 뛰어놀고 애교도 많은 아이였다.

웃는 얼굴이 예쁘다는 말을 입에 달고 다닐 만큼 귀엽고 깜찍한 아이였었다.

하지만 납치당한 뒤로는 트라우마가 생겼는지 처음 보는 사람을 심하게 경계했다.

낯가림이 심한 것도 있지만 그것 이상으로 사람을 피하기 시작한 것이다.

사실 그 때문에 백인혜와 가주 외에는 특별하게 다연이가 마음을 열고 다가가는 사람이 없었다.

재중이 나타나기 전까지는 말이다.

"하지만 자네를 좋아하는 것을 보면 조금씩 좋아지고 있는 것도 같아 조금은 안심이 되는구만."

가주는 재중의 무릎에 앉아서 혼자 놀고 있는 다연이를 보면서 흐뭇하게 미소 지었다.

"그럼 혹시 검은 복면 녀석들이 누구의 명령을 받는지, 아니면 어디 소속인지도 알 수 없을까요?"

물론 재중은 심중으로는 거의 라스푸틴으로 생각하고 있었다.

하지만 심중은 그저 심중일 뿐이기에 가주에게 확인하듯 물어보았다.

"음, 그건 나도 알 수가 없네. 다만 특이한 것이 하나 있긴 하네."

"……?"

가주의 특이하다는 말에 재중의 눈이 가주를 향했다.

"검은 복면 녀석들이 궁지에 몰려 탈출하는 과정에서 잠깐이지만 러시아어를 사용했네."

"러시아어!"

재중은 라스푸틴이 러시아 출생이라는 것을 알고 있다.

검은 복면 녀석들이 러시아어를 사용했다는 것은 결정적인 증거였다.

이제는 확신할 수 있었다.

예전 자신에게 협박하면서 더 이상 검예가에 관여하지 말라고 한 녀석들과 라스푸틴이 밀접한 관계가 있다는 것을 말이다.

어쩌면 라스푸틴이 직접 나선 것이 아니라 그의 제자 중에 누군가가 나선 것일 수도 있다.

하지만 어쨌든 결과적으로는 재중의 심중이 거의 맞아 떨어진 셈이다.

"내가 도움이 되었나 보군."

가주는 자신의 말에 재중의 눈동자가 확신에 찬 눈빛으로 바뀌었다는 것을 느끼고는 흡족한 표정을 지었다.

가주로서는 재중에게 도움이 되었다면 자신도 그만큼 기쁜 일이었다.

그리고 그 후에는 오랜만에 만나서 회포를 풀며 이야기를 나누는 것이 대부분이었다.

다만 마지막으로 검예가를 떠나는 재중의 품에서 울면서 떨어지지 않으려고 떼쓰는 다연이 때문에 조금 애를 먹긴 했다.

생각보다 많은 것을 얻어서 돌아가는 재중은 입가에 미소를 지었다.

Chapter 07
헤어지자

재중귀환록

"재중 씨, 아이 좋아했어요?"

돌아가는 길, 천서영은 지금 재중의 미소가 다연이 때문인 것 같아 물었다.

"응? 아, 뭐, 아이를 싫어하진 않아."

재중의 나이 대에 아이를 싫어하는 남자가 몇이나 되겠는가?

거기다 낯가림이 심하고 납치당한 트라우마 때문에 사람을 경계하는 아이가 재중의 품에 와서 안길 때는 확실히 천서영도 살짝 부러울 정도였다.

그런데 재중은 그냥 자신이 아이를 싫어하지 않기에 그렇게 대답했는데 천서영은 재중이 아이를 좋아한다고 해석했다.

그리고 슬쩍 재중의 팔을 잡더니,

"뭐, 저도 아이 좋아해요."

살짝 귀가 붉어진 채 재중만 들을 수 있을 정도로 작게 말하는 천서영이다.

"……?"

재중은 순간 천서영이 하는 말이 무언가 의미가 있다는 것을 깨달았다.

그리고 동시에 입을 다물어 버렸다.

천서영이 방금 한, 자신도 아이를 좋아한다는 말이 어떤 의미인지 알 수 있었으니 말이다.

하지만 재중은 이제 그걸 받아줄 수가 없는 입장이다.

그래서 그냥 말문을 닫아버렸다.

'차라리 받아들이지 말 것을.'

이별이 예정되어 있는 상황에서 결혼을 꿈꾸는 천서영을 보는 것은 아무리 재중이라도 마음이 좋을 리 없었다.

다만 방금 천서영의 그 말에 이제는 말해야겠다는 다짐이 섰다.

나중에 그것을 알게 될 천서영이 얼마나 원망을 할지

재중으로서는 미안할 뿐이다.

"셰프."

―네, 재중 님.

"잠시 서영이와 할 이야기가 있는데……."

재중이 나직하게 셰프에게 한마디 하자 셰프가 바로 따랐다.

―네. 그럼 저기 보이는 카페에서 기다리겠습니다.

셰프는 크레이언 올드 세이라의 명령으로 재중과 함께하는 사이이긴 하지만 최대한 재중의 부탁을 들어줘야 하는 입장이었다.

그래서 두 사람의 뜻을 모두 따르기 위해 어느 정도 자신이 지켜볼 수 있는 곳을 선택했다.

물론 셰프도 재중이 왜 자신에게 자리를 피해달라고 한 건지 대충 짐작하고는 있다.

하지만 표정으로 드러내는 실수를 하기에는 살아온 세월이 너무나 오래되었다.

자연스럽게 자리를 벗어난 셰프였다.

반면 셰프가 자리를 비우자 재중은 천서영과 함께 검예가의 맞은편에 있는 작은 호수로 발길을 돌렸다.

"와, 예쁘다!"

천서영도 이곳은 처음인지 호수를 보고는 감탄을 터뜨

렸다.

확실히 재중이 봐도 호수가 조용하면서도 사람의 발길이 거의 닿지 않아서 그런지 인공적이지 않은 자연스러움이 묻어나는 모습이 보기 좋았다.

"서영아."

하지만 재중이 나직하게 부르자,

멈칫!

천서영의 환하게 웃으면서 좋아하던 표정이 순식간에 사라졌다.

그리고 몸이 굳은 듯 멈춰 섰다.

천서영이 천천히 고개를 돌리다 재중과 눈이 마주치자 입을 열었다.

"…왜 그래요?"

천서영의 목소리가 살짝 떨려 나왔다.

그 목소리를 듣자 재중은 처음으로 자신이 천서영에게 못할 짓을 했다는 것을 깨달았다.

그리고 더욱 못할 짓을 해야 한다는 자책감이 들었다.

"우리 헤어지자."

"……."

"어째서요? 내가 뭐 실수라도 했어요?"

여자의 직감이랄까, 아니면 지금까지 재중의 곁에 있었

기에 민감하게 재중의 행동 변화를 느끼기 때문일까.

천서영은 재중의 입에서 헤어지자는 말이 나오기 전부터 이미 예감하고 있는 듯했다.

"아니… 실수라면 오히려 내가 했어."

"그게 무슨 말이에요?"

천서영은 재중이 한 말을 받아들이기 싫은지 재중 앞으로 다가서면서 똑바로 재중을 쳐다보았다.

"처음부터 시작해서는 안 되는 것이었으니까."

하지만 재중은 뜻 모를 말만 했다.

"이유를 듣고 싶어요."

천서영은 울지도 않고 똑바로 재중을 보면서 요구하듯 말했다.

하지만 재중은 그저 슬픈 듯한 표정으로 그녀를 쳐다볼 뿐이다.

"이해하지 못할 거야."

"이해할 수 있어요! 난 들을 자격이 있다고 생각해요, 재중 씨!"

재중이 회피하려는 듯 말을 돌리자 결국 화가 난 천서영은 재중의 손을 힘껏 잡아 자신의 가슴 왼쪽에 강하게 가져다 대면서 말했다.

"지금 내 가슴이 아픈 게 느껴지나요? 그렇다면 이유를 말해줘요."

　원래 제멋대로에 럭비공처럼 어디로 튈지 모르는 사람이라는 것은 이미 천서영도 알고 있었다.

　하지만 이런 식의 이별은 아니었다.

　자신에게 뭔가 잘못한 것이 없다고 했으니 분명 재중에게 무언가 문제가 생겼을 것으로 생각한 천서영이다.

　"세상에는 몰라서 좋은 것도 있는 법이야."

　하지만 재중은 끝까지 대답을 회피했다.

　"재중 씨."

　"…응."

　"내가 지금 여기 호수로 뛰어들어 죽는다면 이유를 말해줄 수 있나요?"

　"……."

　재중은 천서영의 눈빛에서 결코 지금 하는 말이 그냥 하는 말이 아니라는 것이 느껴졌다.

　보기에는 다소곳해 보이고 재중에게는 요조숙녀처럼 행동하는 천서영이지만 그건 재중 앞에서만 보이는 모습일 뿐이다.

　그녀의 원래 성격은 한번 한다면 하고 마는 고집스러운 면이 있었다.

　"…꼭 들어야겠어?"

재중은 죽을 결심까지 하면서 재중에게 이유를 물어오는 천서영의 모습에 작게 한숨을 내쉬었다.

　"네. 난 들을 자격이 있으니까요."

　끝까지 듣겠다고 고집을 피우는 천서영의 모습에 재중은 결국 포기하곤,

　"세프."

　나직하게 세프를 불렀다.

　스윽.

　갑자기 허공에서 세프가 모습을 드러냈다.

　"……!"

　당연히 천서영은 아무것도 없는 허공에서 세프가 나타나자 흠칫 놀랐다.

　그녀는 자신도 모르게 재중의 곁으로 가까이 다가섰다.

　"세프."

　―네, 재중 님.

　"서영이가 나와 너, 그리고 그녀에 대해서 안다고 해서 문제가 되진 않겠지?"

　재중은 자신에 대해서 이야기를 해주려면 필연적으로 세프와 크레이언 올드 세이라의 존재를 밝혀야 했기에 물었다.

　―재중 님의 판단이 그러시다면 괜찮다고 말씀하셨습

니다.

"이렇게 될 줄 알고 있었다는 거군."

재중은 세프의 대답에 이미 크레이언 올드 세이라는 재중이 천서영과 헤어질 수밖에 없다는 것을 알고 있었다는 것을 깨달았다.

그리고 깨닫는 순간 짜증 난다는 듯한 표정을 지었다.

물론 그냥 이유 없는 짜증일 뿐이다.

재중이 수면기에 드는 것은 크레이언 올드 세이라의 탓이 아니다.

하지만 그래도 왠지 그녀가 얄미운 것은 어쩔 수가 없었다.

"이곳은 듣는 귀가 많아."

이곳에서 천서영에게 자신에 대해서 말해줄 수는 없었다.

검예가와 가까운 것도 있지만, 이대로 말로 천서영을 설득시킨다는 것은 재중이 생각해도 좀 어려울 것 같았다.

"세프, 그녀가 있는 섬으로 데려다 줘."

—알겠습니다.

재중이 확실하게 천서영을 설득시킬 생각이라는 것을 느낀 세프다.

그녀는 곧바로 크레이언 올드 세이라에게 마법을 전달

하고는 재중과 천서영의 손을 마주 잡았다.

─이동하겠습니다.

스팟!

그러고는 한줄기 빛도 남기지 않고 조용히 허공으로 사라져 버렸다.

마치 처음부터 아무도 없었던 것처럼 말이다.

그리고 다시 재중과 천서영, 그리고 세프가 모습을 드러낸 곳은 크레이언 올드 세이라가 살고 있는 섬이었다.

"여~ 어쩐 일이야?"

"헉!"

거의 중요한 부위만 아슬아슬하게 가린 비키니 수영복을 입은 크레이언 올드 세이라가 재중을 보면서 반갑게 손을 흔들며 인사했다.

하지만 천서영은 그런 그녀의 수영복 차림에 자신도 모르게 고개를 돌려 버렸다.

"호오~ 이 아가씨야? 미인이네."

크레이언 올드 세이라의 거의 나체에 가까운 수영복 차림에 어쩔 줄 몰라 하는 천서영과 달리 그녀는 천서영을 보며 호기심 어린 표정을 지었다.

"놀러 온 것이 아닙니다."

재중은 살짝 짜증이 섞인 말투로 말했다.

그리곤 천서영에게 강한 호기심을 보이는 그녀를 떼어놓고는 섬에 유일하게 있는 저택으로 향했다.

햇빛이 쏟아지는 모래해변에서 이야기할 수는 없었다.

Chapter 08
재중의 정체

재중귀환록

"고맙습니다."

천서영은 저택으로 들어오자 깔끔하게 옷을 다시 갈아입은 크레이언 올드 세이라를 볼 수 있었다.

하지만 첫인상이 워낙에 강렬했기에 역시나 어려워하는 모습이었다.

"결심이 선 거야?"

반면 크레이언 올드 세이라는 자리에 앉자마자 재중에게 직설적으로 물어왔다.

"결과적으로 제 잘못이니까요."

재중은 싫든 좋든 현재 자신에게 선택지가 없다는 것을 알기에 순순히 대답했다.

"의외로 빠른데? 난 적어도 몇 달은 걸릴 줄 알았는데 말이야."

크레이언 올드 세이라는 재중이 이렇게 빨리 천서영과 헤어질 결심을 한 것에 나름 놀라는 표정을 지었다.

아무리 인간과 드래곤이 완전히 다른 존재라고는 하지만, 재중은 인간이었다가 드래곤이 된 특이한 존재였다.

그렇기에 아무래도 드래곤이 인간을 대할 때와 달리 쉽게 인연을 끊는 것이 힘들 것으로 생각했었다.

그래서 크레이언 올드 세이라는 재중이 이렇게 빨리 결심할 줄 몰랐던 것이다.

"저기… 이유를 알고 싶어요."

천서영은 재중과 크레이언 올드 세이라가 나누는 대화가 자신이 재중과 헤어지는 이유일 것 같다는 느낌이 들었다.

그래서 망설이던 표정을 버리고 고개를 들어 똑바로 크레이언 올드 세이라를 쳐다보면서 물었다.

"음, 어차피 나는 곧 내 고향으로 떠날 테니까 지구의 인간 하나가 나에 대해서 알고 있다고 해도 상관없겠지?"

크레이언 올드 세이라는 어차피 자신은 곧 지구를 떠나

대륙으로 달아갈 예정이기에 쿨하게 허락했다.

"서영아."

"……."

천서영은 재중의 진지한 목소리에 굳은 표정으로 재중을 처다봤다.

그런데 재중은 천서영을 불러놓고 잠시 처다보기만 했다.

그러더니 잠시 뒤, 대뜸 탁자 위에 놓인 과도를 집어 들어 그대로 자신의 팔을 향해 내려찍었다.

"까약!!"

천서영은 순간 너무나 놀라 반사적으로 재중의 팔을 막으려고 손을 뻗었다.

하지만 애초에 연약한 여자가 막을 수 있는 성질의 것이 아니었다.

깡!!

그런데 천서영은 당연히 붉은 피가 튈 것이라고 생각했는데 현실은 달랐다.

오히려 재중이 내려찍은 과도가 재중의 팔에 부딪치자마자 튕겨 나오는 것이다.

그 모습에 순간 천서영이 멍한 표정이 되어 재중을 처다봤다.

깡깡깡!!

재중은 멍한 천서영에게 보여주기라도 하듯 그 후로도 무려 세 번이나 맨살에 과도를 내려찍는 기이한 행동을 했다.

땡강!

결국 재중의 힘을 이기지 못한 과도가 부러지자 행동을 멈추었다.

천서영에게는 재중의 행동이 너무나 충격적이었기 때문에 재중이 멈춘 뒤에도 멍한 표정으로 재중을 쳐다보기만 했다.

"난 인간이 아니야."

"네? 그게 무슨……?"

천서영이 미처 정신을 차릴 사이도 없었다.

재중이 자리에서 일어서더니 마나를 활성화했다.

좌라라라락!!

그러자 천서영이 지켜보는 앞에서 재중의 손끝부터 은빛으로 변하기 시작하더니 머리카락까지 모두 은빛으로 바뀌어 버렸다.

그것도 불과 1초도 안 되는 짧은 시간에 말이다.

"헉! 뭐, 뭐예요, 재중 씨?"

"이게 내 본모습이야."

은빛으로 변한 재중은 마치 금속이 살아 있는 듯한 모습으로 자연스럽게 말했다.

"……."

천서영은 지금의 상황을 어떻게 받아들여야 할지 전혀 판단이 서지 않는 듯 한참을 재중을 쳐다보고 있더니 갑자기 허물어지듯 눈을 감는 것이다.

털썩!

그러고는 그대로 기절해 버렸다.

"……."

재중은 천서영이 기절하자 천천히 활성화시킨 마나를 풀었다.

촤라라라락!!

그러자 다시 본래의 모습으로 돌아왔다.

하지만 여전히 씁쓸한 표정 그대로였다.

마치 이럴 줄 알았다는 듯 말이다.

"그렇게 충격적으로 보여주면 인간은 받아들이지 못할 텐데?"

옆에서 지켜보던 크레이언 올드 세이라가 오히려 핀잔을 주듯 재중에게 한마디 했다.

하지만 재중은 그녀의 핀잔을 듣고서도 아무런 말도 하지 않았다.

그저 조용히 천서영을 안아 들고는 옆에 있는 큰 소파
에 눕혀놓았다.

"…답답한 남자네."

재중이 무대포로 굴면서 천서영에게 충격적인 것만 연
달아 보여주는 모습에 크레이언 올드 세이라는 혀를 찼
다.

아니, 저건 인간이 아니라 그 누구라도 받아들이지 못할
것이다.

재중이 과도로 자신의 팔을 내려찍는 모습을 보여줄 때
만 해도 크레이언 올드 세이라도 이해했다.

자신도 그런 모습을 몇 번 인간들에게 보여준 적이 있
으니 말이다.

하지만 머리카락까지 은빛으로 변하는 모습은 누가 봐
도 충격적일 수밖에 없었다.

드래곤인 크레이언 올드 세이라 본인도 재중의 몸이 은
빛으로 변하는 순간 놀라서 숨 쉬는 것을 잠시 잊을 정도
였었다.

인간인 천서영이라면 아마도 기절로 끝난 게 천만다행
일지도 몰랐다.

하지만 재중의 몸을 은빛으로 변화시킨 것이 바로 오리
하르콘이라는 것을 알았을 때는 아무리 오랜 세월을 살아

온 드래곤이지만 그녀도 등골이 서늘한 느낌을 받았다.

고룡에 속하는 그녀뿐만 아니라 드래곤이라면 대부분 오리하르콘의 특징을 알고 있다.

특히나 오리하르콘을 가진 상대와 싸운다는 것은 손발을 묶고 싸우는 것과 다름없었다.

마법이 무력의 대부분을 차지하는 드래곤에게는 거의 천적이나 마찬가지인 것이다.

인간이 드래곤이 된 것도 놀라운 일인데 거기에 몸속에 오리하르콘을 품고 있었다.

그런 존재는 크레이언 올드 세이라도 들어본 적이 없었다.

'완전 괴물이구만.'

겉으로는 재중 앞에서 태연한 척하고 있지만, 속으로는 너무나 놀란 크레이언 올드 세이라다.

그녀는 자신이 드래곤이면서도 재중을 보고 괴물이라고 말하고 있었다.

"재중."

"네?"

자신을 부르는 소리에 재중이 슬쩍 고개를 들어 쳐다보자 크레이언 올드 세이라가 물었다.

"넌 저 인간이 질려서 먼저 도망가길 바라는 건가?"

뜨끔.

재중은 직설적으로 자신의 속마음을 파고든 크레이언 올드 세이라의 말에 살짝 눈동자가 굳었다.

하지만 재중은 곧 피식 웃었다.

어차피 헤어질 것이라면 아픔의 상처를 주기보다는 괴물이 되어도 빨리 천서영이 자신을 잊는 것이 나았다.

크레이언 올드 세이라의 말이 정확했다.

재중은 천서영이 자신의 무력을 보고서도 떠나지 않고 돌아온 것을 기억하고 있었다.

그래서 아예 이번에는 인간이 아니라는 것을 보여줘서 전혀 다른 의미로 받아들이게 한 것이다.

강한 인간과 강하지만 인간이 아닌 존재라면 과연 인간은 어떤 것을 받아들일까?

이건 물어보나마나 뻔했다.

손발이 기형으로 태어났다고 괴물 취급하는 것이 인간이다.

즉 본능적으로 자신과 다른 것에 놀라울 정도로 거부하는 성향을 보이는 것이 인간이다.

지금은 천서영이 기절해 있지만 깨어나면 분명 자신을 보는 것도 두려워할 것이라고 생각한 재중이었다.

재중은 조용히 고개를 끄덕였다.

"바보 같은 남자군."

크레이언 올드 세이라는 재중의 선택이 너무나 바보 같
다는 생각에 눈살을 찌푸렸다.

드래곤이면 뭐하나, 남녀에 관해서는 완전 아무것도 모
르는 바보나 마찬가지인데.

헤어지면서 상대가 아프기보다 차라리 미움을 받는 것
을 선택할 만큼 바보 같은 모습이 눈앞에 펼쳐지고 있었
다.

인간과 드래곤을 떠나 크레이언 올드 세이라는 같은 여
자로서 답답하기 그지없었다.

하지만 반면 재중의 자상한 모습을 발견하기도 했다.

물론 이 모든 것을 이해했을 때나 인정할 수 있는 자상
함이지만 말이다.

"그보다 이번에 흥미로운 소식을 가져왔더군."

크레이언 올드 세이라는 재중의 사랑 문제는 결국 본인
이 풀어야 한다고 생각하기에 더 말하지 않고 슬쩍 대화의
주제를 바꾸었다.

"역시 당신도 모르고 있었군요."

재중은 마나의 인도자라는 마법사들이 지구에 존재한
다는 것에 적잖이 놀라워했었다.

그리고 그건 크레이언 올드 세이라도 마찬가지였다.

"당연하지. 아무리 나라고 해도 이 지구 전체를 모두 감시할 수는 없으니까 말이야. 하지만 마법을 사용하는 마법사를 5,000년 가까이 모르고 살았다는 것은 왠지 자존심 상하는 문제야. 쩝."

크레이언 올드 세이라는 순수하게 드래곤인 자신이 마법사의 존재를 이렇게 감쪽같이 몰랐다는 것에 짜증을 내고 있었다.

그러면서 탁자에 놓인 음료를 거칠게 움켜쥐더니 단번에 마셔 버린다.

하지만 그런다고 해서 가슴속에서 자라나는 짜증을 삭힐 수는 없었다.

"재중, 너도 알다시피 난 이곳의 일에 깊게 관여할 수가 없어."

"알고 있습니다."

그랬다.

지금 크레이언 올드 세이라가 짜증 내는 이유는 지금 당장 마나의 인도자의 존재를 알았다고 해도 자신이 어떻게 관여할 수가 없어서였다.

물론 당장 며칠 뒤에 대륙으로 돌아간다면 까짓것 간단하게 크게 한바탕 휘두르고 도망가면 된다.

하지만 아직 기한이 좀 남아 있다 보니 잘못 난리칠 경우 뒷감당을 모두 크레이언 올드 세이라 본인이 감당해야만 했다.

그렇기에 이렇게 심통 난 듯 표정을 숨기지 못하는 것이다.

반면 재중은 그런 그녀의 모습에 피식 웃었다.

"어차피 세프를 통해서 적절한 관여를 해왔지 않습니까?"

재중이 보기에는 이미 꽤 많은 힘을 지구에 행사하고 있는 것처럼 보였기에 슬쩍 한마디 하자,

"그건 그냥 정보를 주고받는 거래였을 뿐이야. 어차피 내가 준 정보를 어떻게 사용하는지는 인간들의 몫이니까."

"훗, 하긴 그렇기도 하네요."

재중은 지금 크레이언 올드 세이라가 하는 말이 변명에 가깝다는 것을 알고 있다.

하지만 아주 틀린 말도 아니기에 그냥 넘겼다.

그녀와 싸워서 재중에게 좋을 것도 없거니와 아직까지 재중에게는 세프의 정보력이 필요했다.

"그보다 세라 님."

이미 그녀를 애칭으로 부르도록 허락받았기에 재중은 크레이언 올드 세이라의 애칭을 불렀다.

"왜?"

"정확하게 얼마나 시간이 남았습니까?"

재중이 나직하게 물어보자,

"50년."

정확하게 무엇인지 지칭하진 않았지만 바로 알아들은 크레이언 올드 세이라가 대답했다.

답을 들은 재중이 생각에 잠겼다.

'어중간해.'

그렇다.

어중간했다.

50년이라는 시간은 인간을 기준으로 보면 결코 짧은 시간이 아니었다.

특히나 지금 연아의 나이를 생각하면 크레이언 올드 세이라가 대륙으로 돌아갈 때쯤이면 여든의 할머니가 된다.

물론 그것 이상으로 재중에게는 자신의 수면기가 언제 올지 모른다는 불안감이 컸다.

"왜? 고민돼?"

크레이언 올드 세이라는 재중의 표정에서 마음을 읽었는지 툭 던지듯 물었다.

"고민될 수밖에 없군요. 어중간하니까요."

재중이 솔직하게 말하자, 크레이언 올드 세이라도 이해

한다는 듯 고개를 끄덕였다.

"하긴 어중간하긴 해. 하지만 너의 존재도 나에게는 어중간하다는 걸 이해한다면 결코 짧은 시간이 아닐 거야."

나직하게 재중에게 말하는 크레이언 올드 세이라의 눈빛이 방금 전과 전혀 다르다.

그것도 무섭게 번뜩이는 한 마리 야수의 눈빛이다.

"저의 입장에서도 지구에서 당신의 존재가 의외였습니다."

"쳇, 한마디도 지려고 하질 않아."

그래도 자신은 고룡이기에 재중에게 어떻게든 위신을 세워볼 요량으로 몰아붙였지만 역시나 재중도 만만찮았다.

"그만하자. 너와 나 둘 다 드래곤은 둘뿐인 지금 상황에 우리끼리의 균열은 결국 고스란히 우리에게 돌아올 테니까."

조금은 뜻이 있는 듯한 말에 재중도 동의했다.

현재 지구에는 드래곤이라고는 재중과 크레이언 올드 세이라뿐이다.

그런데 만약 그녀의 생각이 맞다면 대륙으로 돌아가도 드래곤은 그녀 혼자일 것이다.

완전히 새로 시작하기 위해서 신의 정화가 발동된 것이

라면 말이다.

물론 재중은 아직도 따라갈지 말지 결정하지 못하고 있기에 예외로 칠 수도 있다.

하지만 그렇더라도 결과적으로 재중과 크레이언 올드 세이라는 서로 힘을 합쳐야 한다는 것은 변하지 않았다.

물론 그걸 그녀도 알기에 세프를 재중에게 보내 힘을 보태주고 있지만 말이다.

하지만 역시나 기 싸움에서 우위에 서고 싶은 본능은 어쩔 수 없는 듯했다.

"원한다면 내가 세프를 통해서 전폭적으로 밀어줄 수도 있어. 어때?"

크레이언 올드 세이라는 재중에게 슬며시 지금보다 더욱 많은 정보와 함께 세프에게 걸린 마스터의 명령권까지 풀어줄 수 있다고 말했다.

하지만 재중은 그런 그녀의 말에 피식 웃으면서 고개를 흔들었다.

"그럴 필요는 없습니다."

"왜? 원하면 한국 정부를 너에게 적극적으로 협조하는 녀석들로 다 바꿔줄 수도 있어."

한 나라의 정부를 말 한마디로 움직일 수 있다는 광오한 말.

하지만 그 말은 결코 거짓이 아니었다.

마나의 맹약에 제약을 받는 드래곤은 자신이 뱉은 말은 무조건 지켜야 하는 존재였으니 말이다.

다만 언제까지 지켜야 하는지 기한을 정하지 않는다면 약속을 깨뜨리지만 않으면 되는 단점도 있었다.

"저로 인해 시작된 인연입니다. 끝내는 것도 저의 손에서 끝내야 하기에 거절하겠습니다."

직설적으로 거절하는 재중의 모습에 크레이언 올드 세이라는 피식 웃었다.

인간에서 드래곤이 되었지만 역시나 은연중에 재중에게서 드래곤만의 성격이 조금씩 보이기 시작하는 것이 마냥 즐거운 듯했다.

"뭐, 그럼 지금처럼 세프가 정보만 제공하는 걸로 해줄게. 그건 상관없겠지?"

"네, 어차피 떠나기 전에 모든 것을 마무리해야 하기에 그 정도의 도움은 저도 감사히 받겠습니다."

"크크큭, 자존심하고는."

부스럭.

"재중 씨, 떠난다니 무슨 말이에요?"

재중은 순간 자신의 귓가에 들리는 천서영의 목소리에 고개를 돌리곤 눈살을 찌푸렸다.

설마 이렇게 일찍 깨어날 줄은 몰랐다.

물론 천서영이 깨어나는 기척을 느끼지 못한 것도 재중의 실수라면 실수다.

하지만 다른 것도 아니고 하필 자신이 떠난다는 말을 들었다는 것이 난감했다.

"……."

재중과 눈동자가 마주쳤지만 재중은 그녀에게 아무 말도 더 해주지 않았다.

그런 재중의 모습에 천서영은 결국 자리에서 일어나 재중을 똑바로 쳐다보면서 다시 물었다.

"떠난다니, 어디로 떠난다는 건가요? 그리고 저 여자분은 도대체 누구죠?"

천서영은 처음에 재중과 크레이언 올드 세이라의 사이에 무언가 썸씽이 있는 것으로 오해했다.

워낙에 첫인상이 충격적일 만큼 미인이기도 했고 같은 여자가 봐도 얼굴이 붉어질 만큼 섹시한 크레이언 올드 세이라다.

천서영의 그런 오해도 어쩌면 당연했다.

물론 첫만남 때 크레이언 올드 세이라가 초미니 비키니를 입고 있었던 것도 한몫했다.

다만 그런 것을 생각하기도 전에 재중의 충격적인 정체

폭로에 머릿속이 하얗게 변하기도 했다.

하지만 그건 잠깐일 뿐이었다.

기절했다가 깨어나는 과정 중에 천서영은 재중과 크레이언 올드 세이라의 대화를 들을 수 있었다.

그런데 천서영은 어째 둘 사이가 썸씽은커녕 재중이 귀찮아하는 느낌을 강하게 받았다.

천서영이 막 둘 사이가 궁금해 일어나는데 때마침 재중이 떠난다는 말을 한 것이다.

정말 기가 막힌 타이밍이었다.

기절해 있다가 하필 딱 그때 정신을 차리고 깨어났으니 말이다.

"나 고향 별로 돌아갈지도 몰라."

Chapter 09
천서영의 결심

"……."

"……."

그런데 이건 무슨 개풀 뜯어 먹는 소리인가.

재중의 뜬금없는 말에 천서영뿐만 아니라 크레이언 올드 세이라도 과연 저게 무슨 뜻인지 생각하느라 잠시 정적이 흘렀다.

그러다가 재중이 한 말이 무슨 말인지 먼저 알아차린 사람은 크레이언 올드 세이라였다.

"푸하하하하하하하하! 재중 너, 정말 엉뚱하구나! 하하하하하하!"

박장대소를 하면서 자리에 앉아 발까지 동동 구르는 크레이언 올드 세이라다.

재중은 여전히 평소의 모습이었지만, 천서영은 지금 크레이언 올드 세이라가 왜 웃는지 이유를 모르는 듯 고개를 갸웃거렸다.

결국 그 모습에 크레이언 올드 세이라가 천서영을 향해 말했다.

"저 녀석, 방금 요즘 한창 유명한 드라마 주인공 대사를 한 거잖아. 하하하하하하!"

"드라마 대사요?"

천서영은 크레이언 올드 세이라의 말에 잠시 생각하더니 그제야 기억해 냈다.

"…재중 씨, 장난 적당히 하세요!"

그런데 박장대소를 하는 크레이언 올드 세이라와 달리 천서영은 기분이 많이 상한 듯 표정이 차갑게 변해 쏘아붙이듯 말했다.

"장난이 아니야. 틀린 말도 아니고."

오히려 재중은 이들이 왜 웃고 화내는지 이유를 모르겠다는 표정으로 진지하게 말했다.

"후후후후훗, 뭐 그렇긴 하지. 완전히 틀린 말은 아니니까."

차원을 넘어서 대륙으로 간다면 방금 재중이 한 말은 결코 틀린 말이 아니다.

그리고 방금 그 말에 크레이언 올드 세이라는 재중이 자신 쪽으로 어느 정도 마음이 움직이기 시작했다는 것도 눈치껏 알아차렸다.

"자세한 설명을 원해요!"

하지만 천서영은 지금 상황에 혼자만 동떨어진 입장이었다.

그녀는 자신을 중간에 놓고 두 사람만의 대화가 오가는 것에 화가 많이 나 있었다.

촤라라라!!

재중은 다시 마나를 활성화해서 온몸을 오리하르콘으로 뒤덮어 버렸다.

천서영은 놀란 듯 몸을 멈칫거리긴 했지만 기절하거나 쓰러지진 않고 용케 버텨냈다.

이미 한 번 기절해서 충격을 덜 받은 것인지, 아니면 무언가 마음을 굳게 먹은 것인지 모를 일이다.

"이런 능력을 가진 인간을 본 적 있어?"

재중은 마치 영화 터미네이터에 악당으로 나온 T1000이라는 액체 로봇처럼 온통 은빛이 가득한 모습으로 변해 있었다.

재중이 변신한 채로 묻자,

"없어요."

천서영은 인정하기 싫었지만 눈앞의 재중을 보면 인정하지 않을 수가 없기에 억울한 표정을 지으며 대답했다.

"이런 나를 네가 감당할 수 있을까?"

"……."

부연 설명도 없이 하는 질문에 천서영은 어째서인지 그러겠다고 말하지 못하고 입을 다물었다.

그런 천서영의 모습에 크레이언 올드 세이라는 재미있어 죽겠다는 표정으로 조용히 지켜보고 있었다.

웬만한 막장 드라마보다 더 흥미진진한 상황이었으니 말이다.

"언제… 떠나는 거죠?"

천서영은 거의 10분가량 재중의 말에 대답하지 못하고 혼자 고민에 고민을 거듭하다가 재중에게 물었다.

"대충 50년 후쯤 떠날 거야."

"…긴 시간이네요."

천서영은 당장 떠날 것이라 생각했다가 50년 후라는 말을 듣고서는 갈등하는 표정으로 변했다.

평범한 천서영에게 50년이란 상당히 긴 시간이다.

막말로 현재 천서영의 나이에 50년을 더 산다면 나름 천수를 누렸다고 해도 충분한 시간이었다.

"재중 씨."

그리고 또 10분가량 혼자 고민하던 천서영은 무언가 결심한 듯 단호하게 재중을 불렀다.

"말해."

"굳이 결혼하지 않아도 좋아요. 대신 지금처럼 당신 옆에 있게 해줘요."

"……?"

순간 크레이언 올드 세이라는 천서영의 말에 놀란 표정을 지었다.

이런 충격적인 모습을 보고도 재중의 옆에 있겠다는 천서영이 도무지 이해가 가지 않았던 것이다.

"황당하네. 그래도 옆에 있겠다니……."

진심으로 감탄한 크레이언 올드 세이라가 한마디 했을 때였다.

천서영은 굳이 대답할 필요는 없었지만 그녀를 바라보며 대답해 주었다.

"전 재중 씨가 아니었으면 이미 죽었을 목숨이에요. 그러니 지금에 와서 재중 씨가 사람이냐 아니냐의 문제 정도는 저에게 그렇게 큰 의미가 없어요."

지금 이 말은 재중의 존재 자체를 눈에 보이는 것으로 완전히 인정하고 있다는 말이나 다름없었다.

사람이냐 아니냐 하는 건 보이지 않는 문제였다.

5,000년 가까이 지구에 살면서 지금까지 수많은 인간을 보아온 크레이언 올드 세이라다.

아니, 대륙에 있었던 시절을 더하면 정말이지 숱한 세월 동안 인간이라는 존재를 지켜봐 온 그녀였다.

하지만 저런 사고방식과 정신력을 가진 인간은 손에 꼽을 정도로 적었다.

"쩝, 이건 나도 인정해야겠군. 너의 정신력은 정말 지금까지 지구에 살면서 나를 감탄시킨 몇 안 되는 인간 중의 하나이다."

의도하진 않았지만 천서영은 그레이언 올드 세이라라는 고룡의 인정을 받은 몇 안 되는 인간 중 하나가 되었다.

*   *   *

ー마스터.

"……?"

갑작스러웠다.

어느 정도 이야기가 마무리되어 가는 와중에 테라의 다

급한 목소리가 재중의 뇌리에 들려왔다.

'무슨 일이야?'

─마스터, 예전에 검예가에서 본 검은 복면 녀석들 기억
하시죠?

'그거야 당연히 기억하지.'

─그 녀석들의 흔적을 발견했어요.

'……!'

재중은 뜬금없이 테라가 검은 복면의 흔적을 발견했다
는 말에 순간 놀란 표정을 지었다.

지금 재중도 애타게 찾고 있는 녀석들인 것은 맞다.

하지만 설마 연아를 보호하기 위해 연아의 그림자 속에
들어가 있는 테라가 발견하리라고는 전혀 예상치 못했다.

'어디야?'

재중이 나직하게 묻자 바로 대답이 돌아왔다.

─강원도 정선 위쪽에 있는 산속이에요.

'정선이라…….'

재중은 테라의 말에 얼마 전 세프와 함께 강원도 정선
위쪽 산속에 갔을 때 희미하지만 흔적을 발견한 적이 있었
던 것을 떠올렸다.

분명 그곳에 무언가 있을 것 같은 확신이 들었다.

세프뿐만이 아니라 테라까지 흔적을 발견한 상황이다.

무언가 있지 않고서는 이렇게 계속해서 흔적이 발견될
수가 없었다.
　'바로 움직인다.'
　재중이 즉각 반응을 보였다.
　―네. 그럼 기다릴게요, 마스터.
　그것을 끝으로 테라와의 연락이 끊겼다.
　재중은 그대로 자리에서 벌떡 일어섰다.
　"응? 발견한 모양이지?"
　크레이언 올드 세이라는 재중이 일어서는 모습만 보고
도 이유를 아는 듯 물었다.
　"우선 흔적이라도 발견했으니 가봐야겠죠."
　"후후훗, 뭐, 수고해. 그리고 세프."
　―네, 마스터.
　"위성을 모두 활용하는 걸 허락한다."
　―알겠습니다.
　재중은 지금 크레이언 올드 세이라가 말한 위성을 모두
활용한다는 말의 뜻을 정확하게 알지 못했다.
　그보다는 당장 정선으로 가는 것에 집중하다 보니 흘려
들었다.
　"재중 씨, 저도 가요."
　"위험할 수도 있어."

재중은 따라오겠다는 천서영에게 진심으로 경고했다.

하지만 이미 재중의 대부분을 알게 된 마당에 그런 경고가 먹혀들 리 없었다.

"더 이상 무서울 것도 없어요. 그리고 위험하면 재중 씨가 지켜줄 거잖아요."

오히려 팔짱을 끼면서 가까이 붙는 천서영의 모습에 재중은 결국 피식 웃어버렸다.

떠나보내려고 초강수를 두었는데 오히려 그걸 받아들이고 재중 옆에 더욱 붙어버렸으니 재중으로선 황당할 수밖에 없었다.

거기다 잠시 고민은 했지만 여자의 로망이라는 결혼까지 포기했다는 것은 정말 엄청난 결심을 했다는 말이다.

물론 재중은 그것이 얼마나 대단한 결심인지 아직 이해하지 못하고 있지만 말이다.

"그래, 서영이 너도 알아야겠지."

재중은 천서영이 이렇게까지 적극적으로 나온다면 최소한 자신의 안전을 위해 있는 흑기병의 존재는 알 자격이 있다고 생각했다.

"흑기병."

재중이 나직하게 부르자,

쑤욱!

재중의 말이 끝나는 것과 동시에 천서영의 그림자에서 칠흑보다 검고 어두운 철갑 옷의 흑기병이 모습을 드러냈다.

　"헛! 이, 이건 뭐예요?"

　갑자기 자신의 그림자에서 중세시대에서나 볼 법한, 눈동자도 보이지 않을 정도로 온몸을 꽁꽁 철갑옷으로 감싼 흑기병이 모습을 드러낸 것이다.

　천서영은 놀라는 한편 몹시 두려워했다.

　"너를 지금까지 그림자에서 지키고 있던 흑기병이야."

　"…저를 지켜요?"

　설마 자신의 그림자에 저처럼 무시무시한 흑기병이 있을 줄은 상상도 못했던 천서영이다.

　그녀는 두려운 듯 떨리는 눈동자로 흑기병을 쳐다보았다.

　"뭐 무뚝뚝하긴 하지만 원래는 내 가디언이야."

　"재중 씨의… 가디언이라니… 그게 무슨 말이에요?"

　천서영이 가디언이라는 말을 쉽게 이해하지 못하고 묻자,

　―저는 마스터를 지키기 위해 존재합니다.

　묵직하면서 바닥에 깔리는 듯한 목소리로 흑기병이 대답했다.

"헛! 아, 그래요?"

뭔가 대적할 수 없는 힘을 느낀 천서영은 이해하는 것을 포기하고 그렇다고 하니 그냥 고개를 끄덕였다.

재중은 그런 천서영을 보며 피식 웃으면서 말했다.

"이 지구에서 나에게 정식으로 흑기병을 소개받은 사람은 서영이 네가 처음이야."

"…그래요?"

물론 자신이 처음이라는 것은 기쁜 일이다.

하지만 한편으로는 자신의 그림자에 저런 무시무시한 것이 있었다는 것을 알게 되자 두려움이 밀려들었다.

재중이 정체를 밝혔을 때와는 또 다른 종류의 두려움이었다.

재중은 천서영이 흑기병의 외모에서 풍기는 카리스마에 완전히 압도된 것을 알고는 최대한 진정시키려고 노력했다.

하지만 단순히 말 몇 마디로 진정하기에는 확실히 흑기병의 포스가 무겁고 압도적이었다.

"그렇게 겁먹을 필요 없어. 저 녀석은 내 명령이 아니면 말도 거의 하지 않으니까."

"…네. 재중 씨가 그렇다면… 저도 노력할게요."

뭘 노력하겠다는 건지 모르겠지만 천서영은 애써 대답

했다.

천서영은 오늘 정말 평생 놀랄 일을 한꺼번에 겪는 느낌을 받았다.

그러나 천서영은 아직 몰랐다.

이 놀람이 이제 시작이라는 것을 말이다.

자신이 전혀 모르는 완전 다른 세상에 발을 들여놓았다고는 꿈에도 생각하지 못했다.

Chapter 10
정선으로

재중귀환록

"이것이… 공간이동이군요."

인간이 아닌 재중의 옆에 있기로 한 천서영은 공간이동으로 한순간에 강원도 정선까지 날아오자 얼떨떨한 표정을 감추지 못했다.

그러나 당황해하면서도 억지로 이해하려는 듯한 모습을 보였다.

공간이동을 직접 경험하니 이해를 떠나서 막연히 이것이 공간이동이구나 하는 느낌일 뿐이다.

하지만 백문이 불여일견이라고, 백 번 듣는 것보다 한

번 보는 것이 낫듯 아무리 마법에 대해서 설명해 봐야 한
번 직접 몸으로 겪는 것만큼은 못하다.

"서영아."

"네?"

"가능하면 내 옆에서 떨어지지 마라."

재중은 이제부터는 어디에서 적이 튀어나와도 이상하
지 않는 곳이기에 나직하게 말했다.

찰싹~

그러자 마치 기다렸다는 듯 천서영이 팔에 딱 붙었다.

"셰프."

—네, 재중 님.

"지금 연아의 위치는?"

—이곳에서 좀 더 북쪽으로 1㎞ 지점입니다.

"……?"

사실 재중은 테라의 말을 들었을 때 연아가 정선 쪽에
볼일이 있는 것으로 생각했다.

그런데 막상 정선에 와보니 이건 정선이라고 하기에도
애매했다.

이렇게 깊은 산골에 과연 이곳에 사람이 살까 하는 의
문이 들었다.

그나마 사람이 사는 곳이라는 것을 알려주는 것은 시멘

트로 만든 임시도로가 유일했다.

그나마도 자동차 한 대가 겨우 지나갈 만큼 좁은 도로 뿐이라는 것을 생각하면 상당히 산속 깊은 곳까지 온 것이다.

"이렇게 깊은 곳까지 연아가 왜 온 거지?"

재중은 그동안 연아가 사업 준비를 한다고 바쁘게 움직이고 있는 것은 알고 있었지만 딱히 신경 쓰진 않았다.

왜냐하면 재중이 자본까지 대부분을 지원해 주는데 궁금하다고 어슬렁거리면 연아로서는 당연히 부담을 느낄 테니 말이다.

아무리 핏줄을 나눈 남매라고 해도 적지 않은 돈이 움직이다 보니 연아도 재중의 돈을 쓰는 것에 적잖은 부담을 느끼고 있었다.

다만 말을 하지 않았을 뿐이다.

그리고 재중도 그런 연아의 마음을 어느 정도 알고 있었다.

'테라.'

─네, 마스터. 오셨군요.

재중이 테라를 부르자 테라는 금방 재중의 기척을 느꼈는지 목소리 톤부터 달라졌다.

'연아가 왜 이곳까지 온 거야?'

재중이 묻자, 테라가 변명하듯 빠르게 대답했다.

―아, 그게 커피 로스팅 기술을 가진 사람이 이곳에 있다는 말을 듣고 찾아왔어요, 마스터.

'로스팅 기술자?'

재중은 로스팅 기술자를 만나러 이곳 강원도 산속까지 왔다는 말에 고개를 갸웃거렸다.

굳이 말은 하지 않았지만 재중도 웬만큼 이름 날리는 로스팅 기술자 못지않은 로스팅 기술을 가지고 있었다.

그런데 그런 자신을 두고 이런 깊은 산속까지 사람을 찾아왔다는 것이 이상했다.

―마스터, 그건 마스터께서 좀 이해를 해주셔야 해요.

테라도 재중이 당연히 이런 반응을 보일 것을 알았는지 자초지종을 설명하기 시작했다.

자본이야 어쩔 수 없는 부분이기에 재중의 힘을 빌렸다.

하지만 모두 다 재중에게 의지할 수는 없지 않은가. 그래서야 연아의 사업이라고 할 수 없었다.

연아는 그 외의 다른 것은 재중의 도움이 아닌 자신의 힘으로 이루고 싶다는 욕심을 가졌다.

그래서 이런 산속 깊은 곳까지 기술자를 찾아왔다는 것이다.

테라의 말을 들은 재중은 그냥 웃고 넘길 뿐이다.

물론 재중의 로스팅 기술이 프랜차이즈를 하기에는 좀 힘든 수망을 사용한 로스팅 기술이라는 것도 어느 정도 이유가 되긴 했다.

하지만 이제 스스로 일어설 준비를 하는 연아에게 자본 이외의 것까지 도움을 주게 되면 확실히 어느 정도 문제의 소지가 있었다.

연아가 재중에게 부담감을 느낌과 동시에 의지하게 될 수도 있으니 말이다.

'알았다.'

재중이 나직하게 대답하자,

—바로 작은 마스터에게 오실 거예요?

테라가 연아가 있는 곳으로 바로 올 건지 묻자 재중은 고개를 저었다.

'아니, 그냥 흔적이 발견된 곳만 좌표를 알려줘.'

—네, 마스터.

재중의 뇌리로 테라의 좌표가 흘러들어 왔다.

재중이 좌표를 세프에게 알려주고 공간이동을 하려고 하던 때, 세프가 재중을 막았다.

—재중 님.

"왜?"

─상대가 마법사라면 공간이동처럼 마나의 움직임이
큰 기술은 사용하지 않는 게 좋습니다.

"……."

순간 재중은 아차 하는 생각이 들었다.

지구에 살면서 마법의 존재를 인식하지 않다 보니 무의
식적으로 행동이 단순해졌다.

상대가 마법사라는 것을 알면서도 말이다.

마법사를 추적하면서 공간이동처럼 마나의 움직임이
큰 기술을 쓴다는 것은 한마디로 '내가 곧 너 잡으러 간
다. 도망쳐라' 라고 신호를 주는 것이나 다름없었다.

그런데 재중은 지금까지 그걸 인식하지 않고 있었던 것
이다.

지구에서는 마법의 존재를 알 수 있는 존재가 별로 없
다 보니 그런 것도 있지만, 라스푸틴이나 마나의 인도자처
럼 상급 이상의 마법사가 없는 것도 큰 이유였다.

"그럼 별수 없지."

재중은 상대가 마법사이기에 조금 단순하지만 기사들
이 사용하는 방법을 쓰기로 했다.

"어멋!"

갑자기 재중이 천서영을 안듯이 들어 올리자 순간 놀란
천서영이 작게 비명을 질렀다. 왠지 놀람보다는 부끄러워

하는 목소리에 가까웠다.

"이제부터는 안고 달릴 거야."

"네? 다, 달리다니, 이 산속에서요?"

천서영은 재중이 자신을 안아 든 것은 기분이 좋았지만, 이 산속에서 달린다는 말에 놀란 표정을 지었다.

재중은 설명보다 직접 보여주기로 했다.

탓!

재중의 발이 가볍게 땅을 차오르자,

횡!!

순식간에 천서영은 산속의 커다란 나무가 자신의 발아래에 있는 모습을 볼 수가 있었다.

"까약!! 이게… 뭐예요!!"

마치 놀이기구를 타고 하늘로 올라가는 것 같은 느낌에 놀라서 재중의 품에 파고든 천서영이 물었다.

재중은 대답보다 장난스럽게 웃을 뿐이었다.

"정말 못됐어요!!"

천서영도 재중이 일부러 말해주지 않는다는 것을 알고서 뾰족하게 한 소리 했다.

하지만 그런 투정도 재중이 본격적으로 움직이자 사라져 버렸다.

탁탁!!

휙휙휙!!

나무 꼭대기 부분을 가볍게 발로 터치할 뿐이었다.

하지만 겨우 그것만으로 천서영까지 안고 있는 재중의 몸이 마치 활시위에서 쏘아진 화살처럼 빠르게 앞으로 날아갔다.

천서영은 무섭기도 하고 재중의 품에 안겨 있어 기분이 좋기도 한 이상한 기분에 눈을 꼭 감고서 낮게 비명을 질렀다.

-재중 님!

불과 몇 분 정도 날듯이 뛰었을까?

앞서가던 셰프가 재중을 짧게 부르고는 그대로 아래로 내려갔다.

그에 재중도 따라서 아래쪽으로 뛰어내렸다.

사뿐!

거의 10미터가 넘는 나무에서 뛰어내렸다고 믿기 어려울 만큼 사뿐히 내려선 재중은 그때까지 안겨서 눈을 꼭 감고 있는 천서영을 내려주었다.

"정말… 재중 씨, 말이라도 해줘요. 이건 너무 무서워요."

천서영은 그제야 발이 땅에 닿았다는 안도감 때문인지 재중에게 한마디 하고는 뒤쪽 나무에 기대었다.

"잠깐 있어봐."

재중은 우선 천서영이 쉬도록 한 뒤 셰프에게 다가갔다.

"이곳인가?"

─네, 그것도 최근의 흔적입니다, 재중 님.

"최근?"

─네, 마나의 흔적이 진한 것을 보면 아무리 길게 잡아도 하루 정도로 생각됩니다.

"하루라……."

재중은 저번에 왔을 때와 달리 이번에는 흔적이 불과 하루 전 것이라는 말에 입가에 미소를 지었다.

드디어 꼬리를 잡을 수 있다는 생각이 들자 저절로 웃음이 피어오른 것이다.

"녀석들이 이동한 방향을 알 수 있을까?"

─마나의 흔적이 마지막에 뻗은 방향을 알면 의외로 쉽습니다.

"그래?"

재중은 사실 전투에 특화되어 있다 보니 이런 추적에 관해서는 아는 지식이 거의 없었다.

지금 셰프가 말한 마나가 마지막에 뻗은 방향이 이동 방향이라는 것도 사실 웬만한 중급 마법사라면 다 아는 일반적인 지식이다.

그것을 생각하면 의외로 재중의 지식이 적은 것이다.

그것을 눈치챘는지 셰프는 굳이 설명하면서 마법 흔적을 찾는 마법진을 그리기 시작했다.

ㅡ마법은 본래 마법사의 몸속에 있는 마나와 반응해서 구현되는 것입니다. 그렇기에 마법을 사용하고 나면 미세하지만 마법사가 쓴 마법과 마법사의 몸속에 마나가 연결되어 있을 수밖에 없습니다. 그리고 지금 제가 찾는 것은 그 마지막까지 마법사의 몸과 연결되어 있던 마나가 늘어지면서 끊어진 방향입니다.

"한마디로 껌처럼 늘어지다가 끊어진 마나를 찾아서 방향을 판단한다는 거군."

재중이 대충 이해했다는 듯 말하자,

ㅡ네, 재중 님.

셰프가 입가에 살짝 미소를 지으면서 고개를 끄덕였다.

스팟!!

그러고는 마법진 준비가 끝났는지 간단하게 수인을 맺는다.

그러자 땅바닥에서 갑자기 푸른빛이 피어오르더니 마치 새벽에 안개가 피어오르듯 마법진이 그려진 곳에만 푸른 안개가 모습을 드러냈다.

안개는 어느 정도 땅 위로 올라오더니 한쪽으로 모이기 시작했다.

─이쪽입니다, 재중 님.

강제로 마나의 흔적에서 뽑아낸 마나가 뭉친 곳이 바로 마나의 마지막 흔적이었다.

그리고 그것이 시작이었다.

장장 한 시간 동안 이동하고 흔적을 찾고, 또 이동하고 흔적을 찾는 작업이 반복되었다.

"벌써 여덟 번째. 점점 더 북쪽으로 가고 있는데… 설마 녀석들이 휴전선을 넘은 건 아니겠지?"

사실 정선이 안전하다고는 하지만, 그래도 북쪽으로 계속 올라가면 당연히 휴전선을 만날 수밖에 없다.

초인적인 움직임으로 한 시간 동안 움직인 재중도 휴전선이 그리 멀지 않다는 것을 느낄 만큼 북쪽에 가까이 와 있었다.

재중이 한마디 하자,

─아무래도 북쪽으로 계속 이어지는 것이 조금 이상합니다.

"응? 이상하다니?"

셰프는 여덟 번째 흔적까지 발견하고서야 뭔가 이상하다는 듯 고개를 갸웃거렸다.

그리곤 아공간에서 태블릿을 꺼내 무언가 조작하기 시작했다.

그리고 몇 분 뒤, 셰프가 눈살을 찌푸리면서 재중에게 태블릿을 보여주었다.

"……?"

재중은 태블릿 화면의 위성사진을 보곤 말했다.

"당했군."

―네, 저희가 너무 쉽게 생각한 듯합니다.

그랬다.

태블릿의 위성사진엔 재중의 이동 경로가 처음 흔적을 발견한 곳으로부터 일직선으로 휴전선을 향해 뻗어 있었다.

마치 위성사진에 자를 대고 그린 것처럼 말이다.

"이것으로 녀석들도 우리를 알아차렸다는 것이 확실해졌다."

하지만 소득이 전혀 없는 것은 아니었다.

이렇게 장난스런 함정을 팠다는 것은 재중이 자신들을 쫓고 있다는 것을 알고 있다는 뜻이다.

동시에 재중의 머릿속이 빠르게 움직이기 시작했다.

재중이 추적하는 것은 라스푸틴과 그 제자들이다.

하지만 테라가 발견한 것은 검은 복면 녀석들에 대한

흔적이다.

그런데 검은 복면은 재중이 자신들을 추적하고 있다는 것을 모르고 있을 것이다.

재중이 검예가를 찾아간 것도 비행기 안에서 세프의 말을 듣고 갑자기 정했으니 말이다.

하지만 지금 흔적을 보면 마치 기다렸다는 듯 흔적을 이용해서 자신을 추적하는 존재를 확인하려고 했다.

그렇다면 결론은 하나뿐이었다.

"검은 복면과 라스푸틴은 동일 조직이라는 것이 이것으로 확실해졌어."

재중이 나직하게 말하자, 세프도 이번에는 재중의 말에 동의했다.

이 정도면 심증을 떠나 거의 확실한 증거를 녀석들이 먼저 보여준 것이나 다름없었다.

"돌아간다. 더 이상 이 흔적을 쫓아봐야 녀석들의 장난에 놀아날 뿐이다."

물론 놈들이 재중의 감각에도 걸리지 않을 만큼 멀리 숨어 있을 수도 있다.

하지만 재중은 이 산속에서 어디에 숨어 있는지 모를 검은 복면의 녀석을 찾으려고 힘을 들이는 것보다는 그냥 깔끔하게 여기서 포기하는 것을 선택했다.

무엇보다 천서영이 더 이상 버티기 어려웠다.

"이제 돌아가는 거예요?"

재중의 품에 안겨서 거의 한 시간 동안 무려 여덟 번이나 롤러코스터에 버금가는 경험을 했으니 천서영이 지치는 것도 당연했다.

—네. 더 이상 의미가 없습니다.

"하아, 다행이에요."

천서영은 돌아간다는 말에 그제야 긴장이 풀린 듯 살짝 나무에 기대었다가 무언가 생각난 듯 물었다.

"설마 돌아갈 때도 나 안겨서 가야 해요?"

재중의 품에 안기는 것은 천서영으로서 너무나 행복한 일이긴 했다.

하지만 인간을 초월한 속도로 움직이는 재중의 능력은 도무지 적응하기가 쉽지 않았다.

"공간이동으로 갈 거야."

"아, 그래요. 다행이에요, 다행."

처음에는 그렇게 무섭던 공간이동이지만 지금은 그 어떤 것보다 고마웠다.

최소한 더 이상 롤러코스터를 타지 않아도 되겠다는 안도감이 들었다.

*　　　*　　　*

"여기는?"

천서영은 공간이동으로 다시 도착한 곳이 검예가를 나와서 재중에게 헤어지자는 말을 들었던 호수라는 것을 알고는 자신도 모르게 웃음이 나왔다.

분명 여길 떠날 때는 재중과 헤어지면 진심으로 죽을 생각까지 했다.

그런데 다시 돌아왔을 때는 재중 옆이라는 것이 참으로 아이러니했다.

"미안해."

재중이 천서영이 호수를 보면서 잠시 생각에 잠긴 듯하자 뒤에서 속삭이듯 말했다.

"괜찮아요."

환하게 웃으면서 사과에 대답했지만, 곧 재중 앞으로 바싹 다가오더니 작게 속삭였다.

"더 이상 헤어지자 말하면 그때는 정말 여기에서 죽을 거예요. 알았죠?"

"알았어."

재중은 어디서 이런 용기가 나오는 건지 모르겠지만 천서영이 확실히 진실을 알기 전과는 많이 달라진 것을 느낄 수가 있었다.

뭐랄까, 내 남자는 내가 지킨다는 확고한 생각이 자리 잡았다고나 할까?

아무튼 천서영이 당당해진 것은 사실이었다.

—재중 님, 이제 어디로 움직일까요?

재중은 세프의 물음에 생각할 것도 없다는 듯 바로 대답했다.

"영국으로 간다. 하지만 이번에는 연아도 같이 데리고 가야겠어."

"언니도요?"

천서영은 재중이 연아까지 한꺼번에 움직인다는 말에 조금 의외라는 듯 물었다.

"서영이도 지금까지 봤으니 어렴풋이 느끼고 있겠지?"

"네? 뭐, 뭔가 재중 씨가 누군가를 쫓는다는 것은 알 수 있겠어요. 하지만 그 외에는……."

인간이 아닌 재중이다.

그리고 공간이동에 여러 가지 능력까지 갖춘 재중이 이렇듯 모든 것을 제쳐 놓고 뒤쫓는 존재들이었다.

그들이 누군지는 모르지만 눈치껏 보통 사람은 아닐 거라는 느낌은 충분히 받았다.

천서영이 느낀 대로 나직하게 대답했다.

"서영이는 마법사를 믿어?"

"마법사요?"

"응."

재중이 뜬금없이 마법사에 대해서 묻자 천서영은 어색하게 웃으며 고개를 흔들었다.

아무리 그래도 마법사를 믿느냐고 했을 때 믿는다고 대답하는 사람이 과연 몇이나 있겠는가?

거기다 천서영은 천산그룹에서 경제인으로 교육을 받고 자란 반은 기업가 핏줄이다.

당연히 마법을 믿을 리가 없었다.

"이건 어때?"

재중이 손을 들어 손바닥을 천서영에게 보여주었다.

화르륵!!

갑자기 재중의 손바닥에서 불꽃이 피어올랐다.

"어머! 뭐, 뭐예요, 이 불꽃은?"

천서영은 얼굴에 느껴지는 열기에 자신도 모르게 뒤로 물러났다.

하지만 그것보다 재중의 손바닥에서 불꽃이 피어오른 모습에 더욱 놀랐다.

"정확하게는 마법과 다르지만 근본적인 힘은 같아. 내가 만든 불꽃도."

"진짜 불이에요?"

재중이 말로만 설득하는 것이 아니라 실제로 눈앞에 보여주면서 믿으라고 하니 아무리 천서영이라도 믿지 않을 수가 없었다.

천서영은 그래도 혹시나 하는 마음에 바닥에 떨어진 나뭇가지를 재중의 손바닥 위에 타오르는 불꽃에 집어넣었다가 꺼냈다.

화르륵!

바로 나무에 불이 붙고 너무나 잘 타는 모습을 확인하고는 마법사를 믿기로 했다.

아니, 믿을 수밖에 없는 조건을 만들어놓았으니 믿는 것은 문제가 아닐지도 몰랐다.

Chapter 11
마법사의 존재

재중귀환록

"내가 지금 쫓고 있는 녀석들이 바로 마법사들이야."

"…마법사들이요?"

마법사가 아니라 마법사들이라는 말에 천서영이 놀란 듯 물었다.

"응. 몇 명이나 되는지는 나도 몰라. 하지만 이 세상에 절대로 존재해서는 안 되는 녀석들이지."

물론 재중에게 위협이 되기에 존재해서는 안 되었다.

애초에 재중을 건드리지 않았다면 재중도 상관하지 않았을 터였다.

하지만 이미 재중을 건드린 이상은 끝장을 봐야 했다.

남겨질 연아를 위해서 말이다.

"설마 재중 씨가 쫓고 있는 마법사들도 공간이동을 하고 불을 만들어내고 그래요?"

천서영이 조금 놀라면서도 두려움이 가득한 눈빛으로 물어보았다.

"응. 그뿐만이 아니야. 이제야 말해주는 거지만……."

재중은 예전 스페인에서 라스푸틴을 만난 이야기부터 그때 자신이 어둠 속에 사라졌던 이유에 대해서도 모두 말했다.

"허억! 설마 재중 씨는 그동안 혼자서 싸웠다는 거예요? 마법사들을 상대로?"

"뭐… 어쩌다 보니……."

재중은 별거 아닌 것처럼 말하지만, 천서영이 받아들이기에는 전혀 다른 의미였다.

사실 천서영은 스페인 왕가에서 갑자기 호위대가 국왕을 죽였던 황당한 사건이 도무지 이해가 되지 않았었다.

하지만 재중의 설명으로 라스푸틴이라는 마법사가 자신의 존재를 숨기기 위해서 죽였다는 걸 알게 되었다.

그러자 앞뒤가 딱 맞아떨어졌다.

이미 공간이동에 손에서 불까지 만드는 마법을 보여줬

기에 재중의 말을 100% 믿게 된 천서영이었다.

이젠 재중이 무슨 말을 하든 다 믿는다는 눈빛이 되어 있었다.

꼬옥.

그리고 조용히 재중의 손을 잡은 천서영은 웃으면서 말했다.

"미안해요. 그동안 몰라서."

지금 설명한 일들이 재중에게는 사실 식후 운동거리 정도에 불과했다.

하지만 천서영에게는 마법사와 재중이 사투를 벌이는 것으로 받아들여졌다.

천서영은 재중이 왜 자신과 헤어지려고 그렇게 매몰차게 말했는지 이제야 이해가 되었다.

'내가 위험할까 봐 헤어지려는 것이었어. 나 몰래 철갑옷을 입은 부하까지 붙여주고서 말이야. 미안해요. 내가 너무 몰라줘서 미안해요.'

천서영은 재중이 사람을 마음대로 죽이는 어둠의 마법사와 홀로 맞서 싸우는 걸 알고 너무나 미안했다.

그리고 그걸 몰라주고 투정만 부린 자신이 바보처럼 느껴졌다.

하지만 그런 생각도 금방 떨쳐 버리곤 마음을 굳게 먹

었다.

 '이제부터 잘해주면 돼. 50년이랬어. 내가 죽을 때까지 옆에서 위로해 주면 돼.'

 무언가 굳게 결심한 듯한 천서영의 눈빛에 재중은 조용히 입을 다물었다.

 ―재중 님.

 그때 재중의 머릿속으로 세프의 목소리가 들렸다.

 '응?'

 ―저기 천서영 씨가 뭔가 착각을 하는 것 같은데요?

 엘프인 세프는 천서영의 마음을 읽지는 못하지만. 진실의 눈으로 어느 정도는 파악할 수 있었다.

 무엇보다 지금 분위기가 굳이 말하지 않아도 천서영이 무슨 생각을 하는지 다 알려주기도 했다.

 '그냥 모른 척해.'

 ―재중 님이 그러시라면…….

 세프는 자신의 상식으로는 재중이 추적하는 라스푸틴이 어디 있는지만 알게 되면 끝난 게임이었다.

 드래곤인 재중이 직접 움직이는 순간, 그들의 반항은 덧없는 몸부림에 불과했다.

 아무래도 논리적인 엘프이다 보니 천서영이 착각한다는 생각에 이걸 말해줘야 할지 말아야 할지 고민되어 재중에게 물어본 것이다.

물론 재중도 천서영을 속이려거나 하는 생각은 아니었다.

천서영이 자신만의 생각을 정리해서 안정을 찾는 편이 자신에게도 도움이 되고 천서영에게도 많은 도움이 되기에 그냥 모른 척하는 것뿐이다.

아무튼 우선 연아를 데리고 영국으로 가기 위해 재중이 테라를 불렀다.

—네, 마스터.

'연아는 아직도 거기 있어?'

—네, 좀 고집이 센 기술자인 것 같아요, 마스터. 작은 마스터가 아무리 설득해도 요지부동이에요. 완전 황소고집이에요.

'그럼 언제 올 건데?'

—그건 저도 모르죠. 작은 마스터는 제가 자신의 그림자에 있는 것도 모르는데 재촉할 수는 없잖아요, 마스터.

'쩝. 연아를 데리고 영국으로 움직여야 하는데, 별수 없지. 내가 직접 연아에게 갈 수밖에.'

한가롭게 연아가 로스팅 기술자를 설득하기까지 기다리기에는 여유가 없었다.

재중은 어쩔 수 없이 연아가 있는 곳으로 움직이기로

했다.

그래서 연아에게 간다고 천서영에게 말하자,

"설마 지금 정선으로 갈 생각이에요?"

"응."

"지금 출발하면 밤 12시나 되어야 도착할걸요. 거기다 차가 가장 막히는 곳을 통과해야 해서 더욱 늦어질지도 몰라요."

5,000만의 인구 중에 1,500만의 인구가 모여 있는 곳이 바로 서울이다.

그리고 검예가에서 정선으로 가려면 서울 한복판을 가로질러 가야 한다.

당연히 천서영은 무리라고 생각했는데 그건 천서영이 아직 마법이 익숙지 않기 때문에 하는 말이었다.

"공간이동한다. 준비해."

재중이 천서영과 세프의 손을 잡는 순간,

스팟!!

다시 호수에서 사라져 버렸다.

그리고 다시 정신을 차렸을 때 천서영의 눈앞에 보인 것은 정선 시내였다.

그들이 도착한 곳은 정선 시내가 내려다보이는 작은 언덕 꼭대기 부근이었다.

"교통 체증 없어서 좋네요."

천서영으로서는 그 말 외는 달리 할 말이 없었다.

마법을 오늘 처음 알게 된 사람이 어떻게 바로 마법을 적용하겠는가?

적응하는 것만 잘해도 재중은 칭찬해 줄 것이다.

"여기서부터는 차를 타고 움직이자."

"차요? 렌트하려구요?"

맨몸으로 검예가에서 강원도 정선까지 공간이동해 온 참이었다.

천서영은 차를 타고 이동하자는 재중의 말에 당연히 렌트일 것이라고 생각했다.

하지만 그런 생각은 순식간에 산산이 부서져 버렸다.

"이건 뭐예요?"

"아공간."

재중이 손을 뻗자 허공에 시커먼 균열이 생기더니 마치 입을 벌리듯 공간이 생겼다.

그러고는 천천히 재중의 차 중에 가장 저렴한 4인용 SUV 한 대가 모습을 드러냈다.

"…이것도 마법이에요?"

"응."

천서영은 그제야 느꼈다.

자신이 처음 봤던, 재중의 몸이 은색으로 변하는 일 정도는 오히려 별것 아니라는 것을 말이다.

　사실 깊게 파고들면 재중의 몸이 은색으로 변하는 것이 오히려 훨씬 놀라운 일이다.

　하지만 사정을 자세히 알지 못하는 천서영에게는 그런 것보다 허공에서 차가 튀어나오는 것이 더욱 놀라울 수밖에 없었다.

　임팩트가 다른 것도 있지만 직접 피부로 느끼는 놀라움이 달랐다.

　그들은 그대로 차를 타고 이동해서 연아가 있는 곳까지 너무나 평온하게 도착할 수가 있었다.

　"오빠, 어쩐 일이야?"

　연아는 재중이 자신을 찾아 정선까지 왔다는 것에 내심 기분이 좋았는지 웃는 얼굴로 재중을 맞이해 주었다.

　그런데 연아를 만난 재중의 첫마디가 좀 황당했다.

　"바로 영국으로 가야 하니까 움직이자."

　"응? 영국이라니, 왜?"

　연아는 뜬금없이 영국으로 움직이자는 말에 당황한 표정으로 걸음을 멈추었다.

　"자세한 설명은 가면서 이야기해 줄게. 서영이도 같이 움직일 거야."

"언니~"

환하게 웃으면서 재중의 옆에서 자연스럽게 얼굴을 드러낸 천서영의 모습에 연아는 뭔가 이상함을 느꼈다.

'웅? 뭔가 분위기가 달라진 것 같은데?'

여자의 직감인지 연아는 천서영의 표정과 모습에서 불과 며칠 전에 본 천서영과 확연히 달라진 느낌을 받은 것이다.

그것도 아주 강하게 말이다.

"언니, 왜 그래요?"

"웅? 아니, 그냥 뭔가 달라진 것 같아서……."

연아는 홀리듯 자신이 느낀 것을 말했다.

그런데 천서영의 대답이 의외였다.

"흐음, 뭐 틀린 말은 아니에요."

그렇게 말하곤 슬쩍 재중 옆으로 자연스럽게 걸어가는 천서영을 보고 연아는 고개를 갸웃거렸다.

"뭐지? 뭐가 어떻게 바뀐 거야?"

분명히 천서영이 바뀐 것은 확실했다.

하지만 딱히 무엇이 바뀌었다고 꼬집어 말하기엔 애매한 그런 느낌에 고개만 갸웃거리는 연아였다.

"잠시만. 다음에 다시 오겠다고 말하고 올게. 조금만 기다려."

연아는 황소고집보다 질긴 로스팅 기술자를 설득하는 것을 포기하지 않은 듯했다.

바로 가서 다음에 다시 오겠다고 정중하게 인사를 하고는 재중에게 돌아왔다.

"실력 좋아?"

재중이 무심히 한마디 건네자 연아가 바로 그렇다며 고개를 끄덕였다.

"응. 이태리에서 15년 동안 커피 로스팅을 정식으로 배운 사람이야."

"15년. 실력은 있겠네. 그런데 저런 사람을 어떻게 일게 된 거야?"

정선에서도 아주 깊은 산속이다.

막상 와보니 집도 저 기술자가 사는 집 한 채 빼고는 아무것도 없는 완전 외진 곳이었다.

재중은 연아가 이곳을 용케도 알고 찾아왔다는 생각에 물어보았다.

"바네사가 알려줬어."

"바네사가?"

"응. 진짜 바네사 대단해. 난 정말 지금까지 왜 사업하는 사람들이 비서를 곁에 두는지 이해하지 못했거든? 바네사와 일해보니까 그제야 알겠더라고. 진짜 마치 모든 일이 순서대로 다 풀리는 것 같다는 느낌이야. 전에는 혼자 머리 싸매고 고민하면서 정리하던 것이 바네사의 손이 닿으면 몇 분 만에 해결되는 기적을 보았거든."

연아는 바네사가 아주 마음에 든 모양이었다.

당초 연아를 보호하는 역할만 잘해주길 기대한 재중이었기에 연아의 칭찬에 의외라는 듯 뒤쪽의 바네사를 바라보았다.

"오랜만에 뵈요, 재중 씨."

요염하게 웃으면서 재중에게 인사하는 바네사는 역시나 킬러다웠다.

눈웃음 하나에도 남자를 홀리는 색기가 흐르는 것을 보면 말이다.

"고마워. 잘해줘서."

"아니에요. 저도 요즘 일이 재미있거든요."

"……?"

재중은 순간 일이 재미있다는 말을 할 때 바네사의 눈동자에서 진실함을 읽고는 의외라는 느낌을 받았다.

킬러로 대부분의 인생을 살아온 바네사가 연아의 비서로 만족할 리 없을 것이라 생각했던 재중이었다.

하지만 예상과 달리 바네사는 진심으로 연아의 비서로 만족해하고 있었다.

"원하는 대로 해."

재중은 바네사가 진심이라면 굳이 떼어놓을 생각은 없었다.

그래서 나직하게 한마디 하고는 바로 차에 올라탔다.

부릉!!

곧바로 차가 출발했다.

어느 정도 포장이 잘된 도로에 접어들자 연아가 재중에게 물었다.

"갑자기 웬 영국이야?"

뜬금없이 찾아와 영국으로 같이 가자는 말을 하니 궁금하지 않을 수 없었다.

"어차피 이곳에 있는 사람들은 다 알고 있으니까 말할게."

연아는 바네사와 둘이서만 움직였기에 현재 차 안에 있는 사람은 연아, 바네사, 천서영, 세프, 재중 다섯 사람이었다.

연아를 제외하면 세프는 물론이고 바네사와 천서영 두 사람도 재중의 숨겨진 능력을 많든 적든 어느 정도는 알고 있었다.

물론 바네사는 구체적으로 무엇을 안다기보다는 재중에 대해 절대로 덤벼서는 안 되는 사람 중에 하나라고 생각할 뿐이지만 말이다.

"바네사."

"네?"

바네사는 갑자기 자신을 부르는 재중의 목소리에 대답하면서 눈을 마주쳤다.

"혹시 마나의 인도자라는 자들을 알아?"

"……!"

순간적이지만 바네사의 눈동자가 흔들렸다가 정상으로 돌아온 것을 본 재중은 피식 웃었다.

'괴물. 어떻게 그들까지 아는 거지?'

바네사는 의외로 재중이 말한 마나의 인도자의 존재를 알고 있었다.

거기다 재중의 웃는 표정에서 거짓말을 하는 순간 자신은 저번처럼 땅에 파묻힐지도 모른다는 생각을 했다.

"알고만 있어요."

"역시."

재중도 세프에게서 바네사가 마나의 인도자들과 우연치 않게 접촉한 적이 있다는 정보를 듣고서 물은 거였다.

하지만 재중의 여유로운 표정을 본 바네사는 재중이 다 알고 묻는 것처럼 보였다.

"어떤 사람들이야?"

"왜요? 설마……."

재중의 말에 퉁명스럽게 대답하던 바네사는 눈치 빠른 킬러답게 말하는 도중 재중이 영국으로 향하는 목적을 알아차린 듯했다.

바네사가 놀란 표정으로 재중을 쳐다보았다.

"맞아. 그들을 찾기 위해서 가는 거야."

재중이 확인까지 해주자 바네사는 곧바로 양손을 크게 휘두르며 반대했다.

"절대로 찾지 마세요!! 그들은 사람이 아니에요! 절대로! 괴물이라구요, 괴물!!"

어지간히 심하게 당했는지 마나의 인도자를 찾으러 간다는 말만으로도 바네사의 반응은 너무나 격렬했다.

마치 도살장에 끌려가듯 말이다.

"괜찮아."

"아, 진짜 재중 씨가 몰라서 그래요. 그 사람들은 괴물이에요, 괴물. 재중 씨도 만만치 않지만 그들은… 무서워요. 절대로 건드려서는 안 돼요. 절대로."

바네사는 재중을 처음 만났을 때 압도적인 무력을 보았었다.

그래서 지금 재중이 마나의 인도자와 한판 싸우러 가는 줄 알고 격렬하게 반대했다.

그런데 재중이 생각한 것 이상으로 바네사의 반대가 심했다.

결국 재중은 어쩔 수 없이 사람이 없는 곳으로 들어가 차를 세우고는 천서영에게 보여준 것처럼 간단하게 손에서 불꽃을 만들어 보였다.

"괴물. 역시 그들과 같은 괴물이었어."

역시나 마나의 불꽃을 본 바네사는 질린 표정으로 입을 다물어 버렸다.

무시무시한 무력도 황당한데 마나의 인도자와 같은 불꽃까지 만들어낼 줄은 몰랐던 것이다.

'젠장. 빌어서라도 살아남은 게 천운이었다.'

바네사는 그제야 알 수 있었다.

당시 자신이 그렇게 비굴하게 빌어서라도 살아남은 것이 정말 천운이었다는 것을.

반면 연아는 너무나 놀라서 황당한 표정으로 재중을 쳐다보았다.

"오빠, 이게 뭐야?"

"그냥… 어쩌다 생긴 힘이야."

재중은 차마 너를 찾기 위해서 몸을 실험체로 만들면서까지 얻은 힘이라는 말은 하지 못하고 둘러댔다.

"하지만 이런 힘을 어디서 얻어?"

연아는 확실히 천서영과는 첫 반응이 달랐다.

두려워하던 천서영과 달리 연아는 오히려 재중에게 다가오더니 슬픈 표정을 지었다.

씨익~

재중은 그런 연아에게 안심하라는 듯 평소의 미소를 보여주었다.

하지만 연아의 표정은 쉽게 돌아오지 못했다.

쇠뿔도 단김에 빼라고 재중은 이왕 마법에 대해서 이야기한 김에 연아에게도 50년 후엔 돌아가야 한다는 것도 말했다.

"왜? 어째서? 무엇 때문에 가는 건데?"

연아는 재중이 자신의 곁을 떠난다는 것에 격렬하게 반응했다.

"어쩔 수 없어. 그렇게 정해진 거니까."

재중은 차마 수면기로 인해 50년이 아니라 당장 며칠 뒤에 헤어질 수도 있다는 말을 할 수가 없었다.

50년 뒤에 떠난다는 것만으로도 이렇게 격렬하게 반응하는 연아다.

그런 연아에게 당장 언제 1,000년 동안 잠들지 모른다는 말을 한다는 것은 재중으로서도 쉽지 않았다.

"연아야, 우선 진정하고 중요한 이야기는 이제부터야.

그러니까 모두 잘 들어."

재중은 연아를 억지로 진정시키면서 다른 쪽으로 이야기를 돌렸다.

이대로 계속 연아가 혼자 울기 시작하면 정말 감당하기 힘들 것 같았다.

그리고 시작된 재중의 이야기는 검예가에서 부터였다.

최근 스페인 왕가에서 있었던 이야기까지 하자 일행에 감도는 충격은 이만저만이 아니었다.

이미 알고 있는 세프와 천서영은 담담했지만 바네사와 연아는 놀란 표정으로 정말이냐고 재차 확인까지 할 정도였다.

하지만 돌아오는 대답은 똑같았다.

"그러니까 스페인에서 알베르토 6세가 갑자기 죽은 게 그 라스푸틴이라는 흑마법사가 자신을 만난 적이 있다는 이유 때문이라고?"

"응."

재중이 단호하게 대답하자 연아는 잠시 생각할 시간이 필요한 듯 차 안으로 들어가 버렸다.

Chapter 12
영국으로

바네사는 조용히 듣고 있다가 연아가 사라지자 그제야
재중에게 다가와서 이것저것 묻기 시작했다.

한데 의외로 질문에 날카로운 면이 많았다.

"그럼 그 당시 알리시아 공주의 저택에서는 어떻게 빠
져나간 거예요?"

철저한 계획을 세우고 움직이는 킬러답게 자신이 미처
알지 못한 것을 물어보는 바네사다.

재중은 굳이 설명하기보다 그냥 바네사를 데리고 서울
까지 갔다 오는 공간이동을 보여주었다.

"젠장, 역시 괴물은 괴물이었어."

바네사의 확인은 재중이 괴물이라는 것만 더욱 각인시켜 줄 뿐이었다.

"그러니까 라스푸틴이라는 미친 마법사가 재중 씨는 물론 저기 연아 씨와 서영 씨도 노린다는 말이죠?"

끄덕.

재중은 말없이 고개를 끄덕였다.

그런데 바네사는 갑자기 심통 난 표정으로 재중을 쳐다보면서 따지듯 물었다.

"왜 난 빼요?"

"……?"

재중은 그들이 노리는 명단에 빠져 있는 게 억울한 듯 따지는 바네사의 모습에 황당한 듯 표정을 지었다.

"난 연아 씨와 매일 붙어 있다시피 하는 상황이에요. 당연히 저도 그들이 노리는 명단에 있어야 하는 거 아니에요?"

목숨을 위협받는 상황인데 거기서 빠졌다는 것에 너무나 억울해하는 바네사의 모습이다.

재중은 피식 웃을 수밖에 없었다.

연아와 천서영은 목숨을 누군가 노린다는 말에 곧바로 불안한 눈빛을 보였었다.

그런 그들과 달리 바네사는 자신만 빠졌다는 것에 오히려 억울하다고 목에 핏대를 세우면서 재중에게 따지고 드는 것이다.

재중이 바네사를 빼고 싶어 뺀 것도 아닌데 말이다.

그런데 그렇게 흥분한 바네사를 가만히 쳐다보던 재중은 갑자기 입가에 미소를 그리기 시작했다.

"장난은 그쯤 해라."

"쳇."

재중이 나직하게 살기를 조금 섞어서 바네사에게 한마디 하자 흥분하던 바네사는 거짓말처럼 차분해졌다.

마치 카메라 앞에서 열연을 펼치다가 카메라가 꺼진 것처럼 말이다.

"어떻게 알았어요?"

바네사는 자신이 흥분한 것이 모두 연기라는 것을 재중이 바로 파악하자 억울한 듯 물었다.

"눈은 거짓말을 하지 않아."

재중은 간단하게 한마디 하고는 차 안으로 들어가 버렸다.

"아무튼 저 괴물은 도무지 어떤 것도 통하지 않는다니까. 도대체 저런 남자가 장가는 갈는지……."

재중이 차 안으로 들어가자 괜히 심통이 난 바네사는

재중에 대해서 험담을 했다.

"제가 재중 씨 곁에 있을 거예요. 그러니 너무 걱정하지 마세요."

그런데 때맞춰 그런 바네사를 천서영이 새침한 표정으로 한마디 하곤 차 안으로 들어가 버리는 것이다.

그리고 그런 모습을 멍하니 지켜보던 바네사는 한숨을 내쉬었다.

"그냥 연아 씨 옆에서 비서로 조용히 살까? 50년 뒤 떠난다고는 하지만 이대로는 그전에 내가 스트레스로 죽을 것 같은데……."

사실 바네사도 지금 연아의 비서로 있으면서 나름 만족하긴 했다.

킬러 생활과 달리 안정적이면서도 그동안 암살 목표물을 위해서 배운 것을 활용하면 연아의 비서 일 정도는 눈 감고도 할 수 있을 만큼 쉬웠다.

거기다 연아의 활기찬 모습에 더해 무언가 조금씩 만들어가는 기쁨도 함께 느끼기 시작했다.

그러면서 바네사도 조금씩 변하기 시작했다.

다만 재중이라는 커다란 존재가 자신의 자유를 막고 있기에 그게 불만이었다.

"그래도 왠지 재미있을 것 같단 말이야, 후후후훗!"

지금 마나의 인도자를 찾아가는 재중의 모습, 그리고 라스푸틴이라는 미친 흑마법사를 상대로 싸워야 하는 상황이 바네사로 하여금 묘한 카타르시스를 느끼게 해주었다.

마나의 인도자는 킬러들 사이에서도 절대로 건드려서는 안 되는 존재였다.

그런데 그런 존재와 맞먹는 능력을 지닌 재중이 그들을 찾아간다는 것이 무섭고 두려우면서도 한편으로는 가슴이 두근댔다.

그것은 바네사의 킬러로서의 본능일지도 몰랐다.

                    *   *   *

"오빠."

"응?"

"그럼 그 라스푸틴이라는 사람을 오빠가 처리하기 전까지는 내가 사업을 하는 것도 위험하다는 거지?"

연아는 생각하고 또 생각해서 결론을 내렸다.

그것은 자신의 고집대로 카페 프랜차이즈를 밀고 나가는 것은 무리라는 것이었다.

특히나 재중이 자신을 보호하기 위해서 알게 모르게 여러 가지 조치를 취했다는 것을 듣고 나서는 더더욱 말이다.

"미안하지만 그렇단다."

재중은 사실 가능하면 최대한 모든 것을 숨길 생각이었다.

연아는 그저 평범하게 살았으면 했고, 그렇게 만들려고 실제로 많은 노력을 기울이기도 했다.

하지만 라스푸틴 본인인지 아니면 라스푸틴의 제자인지 모르지만 녀석들이 한국에 있는 것을 확인한 이상 더이상은 위험 부담이 너무 컸다.

아무리 재중이 노력하고 방어한다고 해도 어쩔 수 없는 빈틈이 생길 수밖에 없다.

그래서 재중이 내린 결론은 하나였다.

천서영에게 비밀을 밝히고 나서 연아에게도 지금 상황을 최대한 이해하기 쉽게 풀이해서 이야기해 주는 것으로 말이다.

"아니야. 평생 이럴 것도 아니잖아? 그렇지?"

연아는 불안한 마음을 숨기려는 듯 재중에게 물었다.

"그래, 녀석들이 숨어 있는 곳만 찾으면 해결될 거야."

재중은 확신에 찬 목소리로 대답했다.

그저 연아를 안심시키려고 한 말이 아니었다.

재중은 진심으로 녀석들이 숨어 있는 곳만 알면 당장에

날아가서 흔적도 남기지 않고 완전히 쓸어버릴 생각이다.

라스푸틴 때문에 연아가 그동안 추진하던 모든 일이 멈춰 버렸다.

그뿐인가? 활기차던 연아의 표정이 우울해지고 있었다.

꾸욱.

재중은 자신도 모르게 강하게 주먹을 움켜쥐었다.

때를 기다리면서 말이다.

"바로 공항으로 가는 거야?"

"응. 세프가 이미 표를 준비해 놓았으니까 우린 가서 절차만 밟으면 돼."

"그래, 한동안 오빠와 여행한다고 생각하지, 뭐."

연아는 애써 밝은 표정을 지으면서 자신은 아무렇지 않다는 것을 보여주려는 듯 목소리를 높였다.

하지만 재중에게는 모두 들렸다.

연아의 울고 있는 마음의 목소리가.

그런 꿀꿀한 분위기로 한참을 달려 공항에 도착한 재중이 입구에 들어섰을 때였다.

환하게 웃는 표정의 처음 보는 남자가 재중 앞에 나났다.

"처음 뵙겠습니다. 마이클 더글라스입니다."

유창한 한국어로 재중에게 인사한 남자가 신분증을 보

여주는데, 영국대사관 직원이었다.

"무슨 일이죠?"

재중은 영국대사관에서 자신을 찾아온 이유가 궁금했다.

"영국으로 가신다는 소식을 들었습니다."

셰프가 공개적으로 표를 끊었으니 조금만 움직이면 바로 알 수 있긴 했다.

재중뿐만 아니라 연아와 셰프, 그리고 천서영에 바네사까지 모두의 이름으로 표를 예약했으니 말이다.

"저희 정부에서 재중 씨의 영국행에 혹시라도 불편함이 있을까 염려하여 제가 안내를 맡게 되었습니다."

한마디로 지금부터 재중의 모든 것을 감시하겠다는 것이다.

그리고 재중은 지금 대사관 직원이라고 인사한 마이클 더글라스가 사실은 MI6 요원이라는 것도 이미 셰프에게 들어서 알고 있었다.

재중이 나직하게 웃으면서 마이클 더글라스의 곁으로 다가가 속삭이듯 한마디 했다.

"MI6에 연락해서 마나의 인도자를 찾아달라고 해주세요. 제가 영국에 가는 이유가 그거니까요."

"……!!"

마이클 더글라스는 순간 재중의 말에 너무나 놀라서 온 몸이 경직되는 느낌이 들었다.

자신이 MI6라는 것을 아는 것은 그나마 이해할 수 있는 부분이다.

하지만 재중이 말한 마나의 인도자는 MI6에서도 아는 사람이 그리 많지 않은 극비 중의 극비였으니 말이다.

그런데 재중이 정확하게 알고 있으니 황당한 표정으로 쳐다볼 수밖에 없었다.

재중이 말했다.

"어차피 조사하면 알게 될 테니 말해 드리죠. 검예가의 가주님에게 들었습니다."

"아!"

마이클 더글라스는 그제야 역시나 하는 표정으로 고개를 끄덕이면서 수긍했다.

그들이 검예가를 방문한 적이 있다는 정보는 갖고 있었다.

하지만 설마 검예가의 가주가 이렇게 자세한 내용까지 재중에게 이야기해 줬을 줄은 몰랐기에 여전히 놀란 표정이다.

"우선은 제가 윗선에 연락하겠습니다. 하지만 만족할 만한 대답을 드릴 수 있을지는 저도 장담하지 못합니다,

선우재중 씨."

"상관없습니다. 저도 저 나름대로 그들을 찾을 테니까
요."

"알겠습니다."

재중이 군이 MI6에 의지하지 않겠다는 것을 돌려서 말
하자 마이클 더글라스는 잠깐이나마 아쉬운 표정을 보였
다.

하지만 이제 시작이라고 마음을 고쳐먹은 마이클 더글
라스가 당초 예정대로 재중을 안내하기 시작했다.

아무래도 영국대사관 직원인 마이클 더글라스의 도움
으로 수속 절차를 밟다 보니 재중 일행은 그 누구보다 편
하고 빠르게 탑승을 마칠 수가 있었다.

거기다 퍼스트 클래스로 좌석까지 변경되었다.

"재중 씨, 잠시만 이야기 좀 나눌 수 있을까요?"

비행기가 이륙하고 어느 정도 안정권에 들어서자 뒤쪽
에 있던 마이클 더글라스가 재중에게 면담을 요청했다.

재중은 비행기 내부에 유일하게 있는 작은 회의실로 안
내되었다.

"이미 아실 테니 다시 소개하죠. MI6 요원인 제임스입
니다."

마이클 더글라스도 가명, 그리고 지금 재중에게 다시 소

개하는 제임스라는 것도 아마 가명일 것이다.

하지만 마이클 더글라스와 달리 방금 말한 제임스는 아마 MI6에서 통용되는 닉네임 같은 것일 터이다.

이만하면 그래도 재중에게 많이 알려준 셈이다.

"그럼 저도 정식으로 소개하죠. 선우재중입니다."

"반갑습니다."

정중하게 인사를 나눈 뒤 자리에 앉은 재중은 조용히 입을 다물고 제임스를 쳐다보았다.

"이것 참, 지금까지 저희가 모은 정보를 모두 무용지물로 만들어 버리는 분이군요."

"그런가요?"

"네, 설마 하니 바네사를 비서로 데리고 다니실 줄이야."

MI6 요원인 제임스는 단번에 바네사를 알아봤다.

아니, 바네사가 본래 세계적으로 유명한 킬러였으니 정보국 요원인 제임스가 모른다는 것이 오히려 이상한 일이었다.

그런데 바네사는 이미 세상에는 죽은 것으로 알려져 있었다.

테라가 동명으로 새로운 신분을 만들어줬기에 제임스도 직접 바네사를 보지 않았다면 전혀 몰랐을 것이다.

즉 제임스가 말한 재중에 대한 모든 정보를 무용지물로 만들었다는 것은 바로 바네사를 두고 한 말이었다.

유능한 킬러인 바네사를 서류상으로나 실제로나 완벽한 비서로 만들어 버린 재중의 능력이 결코 예사롭지 않다고 판단한 것이다.

MI6 측에서는 그것을 근거로 그동안 MI6에서 모아온 재중에 대한 정보를 모두 폐기해 버렸다.

상대는 수백억 달러를 말 한마디로 움직이는 거물이다.

특히나 재중은 모르고 있지만 영국과 프랑스에는 테라가 투자한 기업이 70%를 넘어선 상태였다.

즉 재중이 나쁜 마음을 먹고 투자금을 회수한다면 영국은 순식간에 휘청거릴 수도 있는 상황이었다.

물론 투자 수익을 꾸준히 잘 내고 있기에 그럴 일은 없겠지만, 사람 일에는 만약이라는 것이 있었다.

그래서 이처럼 영국 정부는 재중에게 공을 들일 수밖에 없었다.

재중만 영국으로 끌어들인다면 순식간에 영국의 입김이 유럽에서 가장 강해질 테니 말이다.

물론 프랑스도 같은 이유로 재중에게 공을 들이고 있기는 마찬가지였다.

"그런데 무슨 일입니까?"

재중은 영국식 영어로 나직하게 물었다.

"그럼 저도 전달하기 편한 영어로 하겠습니다."

재중의 완벽한 억양에 제임스는 곧바로 한국어에서 영어로 바꾸었다.

물론 그러면서도 재중의 모든 것을 살펴보려는 듯 눈동자는 빠르게 움직이고 있었다.

"영국으로 옮기실 생각은 없으십니까?"

설득하는 것도 없이 단도직입적으로 묻는 말에 재중은 간단하게 고개를 저었다.

"좋든 싫든 아직은 한국에 머물 겁니다."

"알겠습니다."

제임스는 자신의 질문에 대한 답은 이미 알고 있었다는 듯 가볍게 넘겨 버렸다.

그리고 다시 질문하기 시작했다.

"혹시 그리스에 도움을 주실 생각은 없으십니까?"

"그리스는… 아직은 없군요."

그리스라는 말에 대번에 이해한 재중은 정중하게 거절했다.

스페인과 함께 세계적으로 금융 위기를 맞고 있는 나라가 바로 그리스였다.

국가 부도가 날 수도 있다는 말이 사람들 사이에서 쉽

게 나올 정도면 상황이 많이 심각한 것이다.

사실 한국도 IMF를 겪었지만, 그래도 그리스 정도는 아니었다.

그런데 지금 MI6 요원이 재중에게 대놓고 그리스에 원조를 할 수 없냐고 묻고 있었다.

이걸 보면 상황이 생각 이상으로 심각하게 나빠지고 있는 것은 기정사실인 듯했다.

"후우, 사실 저도 위에서 명령을 받았지만, 죄송합니다."

사실 제임스로서도 재중에게 그리스에 재중의 돈을 대줄 수 없느냐는 말을 한다는 게 이해가 되지 않았다.

스페인이야 신승주라는 재중의 친구가 있기에 그럴 수 있다고도 할 수 있다.

하지만 그리스는 재중과 아무런 연관이 없었다.

하지만 유럽이 EU라는 이름으로 하나의 유럽단체로 묶여 있는 상황이었다.

자칫 그리스가 국가 부도 사태를 맞이하기라도 하면 기껏 유럽을 하나로 묶어놓은 것이 모래성처럼 무너질 수가 있었다.

영국은 그것을 걱정해 재중에게 실례인 것을 알면서도 부탁한 것이다.

원래는 재중을 어떻게든 납치해서 강제로 재중의 돈을 움직일 생각이던 MI6였다.

그런데 그런 계획이 전면 백지화되었다.

세프의 전화 한 통화로 말이다.

세프의 전화 한 통화로 전 세계의 정보국이 초비상사태가 되었으니 오죽하겠는가?

"사실 저의 정보국에서 재중 씨의 돈을 강제로 움직일 계획까지 세운 적이 있습니다."

제임스는 재중의 표정을 살피기 위해 일부러 이미 폐기한 계획을 재중에게 슬쩍 흘렸다.

그런데 재중은 전혀 표정의 변화가 없었다.

"뭐 이미 알고 계셨을 거라고 생각됩니다만."

재중이 이미 알고 있는 것 같아서 취소했다는 식으로 슬쩍 발을 빼는 노련함까지 보인다.

재중은 피식 웃어버렸다.

사실 잔머리 싸움은 재중에게 맞지 않지만, 그렇다고 못 하는 것은 아니었다.

물론 말싸움을 하는 것도 아니다.

그저 재중은 침묵할 뿐이고, 그 무언의 침묵에 상대가 먼저 제풀에 나가떨어지는 상황이다.

이러니 재중이 딱히 기 싸움을 못한다고 하기는 좀 애

매했다.

"재중 씨, 그리스의 상황이 많이 심각합니다."

제임스도 지금 그리스가 무너지면 EU연합이 위험하다는 것을 알기에 재중에게 재차 부탁했다.

하지만 재중은 그저 조용히 입을 다물고 있을 뿐이었다.

"만약 재중 씨가 그리스에 300억 달러를 지원해 준다면 앞으로 영국에서 벌어지는 모든 투자에 정부가 적극적으로 협조하겠습니다."

말이 300억 달러지 무려 33조 원에 달하는 엄청난 금액이다.

그런데 그걸 그리스에 무상으로 지원해 달라고 부탁하면서도 제임스의 눈빛은 먹이를 노리는 야수의 그것이었다.

재중이 그런 눈빛을 느끼지 못할 리가 없었다.

"300억 달러를 주면 앞으로의 투자에 영국 정부의 적극적인 협조라… 크크크큭."

재중은 영국 정부의 오만함에 작게 웃으면서 천천히 자리에서 일어섰다.

그리고 제임스를 쳐다보면서 말했다.

"왼쪽 입구, 오른쪽 뒤, 정면 뒤쪽에 숨어 있는 요원들,

그리고 이 회의실 천장에 장치된 열네 대의 비밀 카메라를 내가 모른다고 생각했습니까?"

"……!!"

쿵!

Chapter 13
어디에나 있는 욕심

재중귀환록

제임스는 한 치의 오차도 없이 모두 찾아낸 재중의 말
에 놀라 일어섰다.

　자신이 일어서면서 미닫이 식으로 만들어진 의자를 강
하게 밀쳤다는 것도 모르는 표정이었다.

　"어떻게… 그걸……?"

　씨익~

　애초에 제임스는 재중을 설득할 계획 자체가 없었다.

　적당히 재중에게 사정하듯 말하다가 말을 듣지 않으면
대기하고 있는 요원들을 불러서 강제로 일을 처리할 생각이었다.

하지만 재중이 먼저 선수를 치자 제임스는 당황할 수밖에 없었다.

이번 계획은 어딘가로 새어 나갈 수도 없었다.

오늘 재중이 영국행 비행기 표를 예약한 것을 아는 순간 제임스가 직접 요원들을 배치했다.

제임스가 말하지 않는 이상 재중이 알 수 있는 가능성은 전혀 없었다.

하지만 그런 제임스를 비웃기라도 하듯 재중은 정확하게 짚어서 말했다.

"결국 힘으로 해야겠군요."

이미 재중이 알고 있다는 생각에 그동안 사람 좋은 미소를 짓던 제임스의 얼굴이 한겨울의 눈보라처럼 차갑게 변했다.

그리고 동시에 정확하게 재중이 말한 곳에서 요원들이 튀어나왔다.

철컥! 철컥! 철컥!

그나마 비행기 안이라 권총은 아니지만 스턴건을 재중에게 겨눈 채로 말이다.

"15만 볼트 스턴건입니다, 선우재중 씨. 여기에 사인만 하면 되는데 어쩌시겠습니까? 저희가 강제로 할까요, 아니면 직접 하시겠습니까?"

그렇게 말하면서 제임스 본인도 스턴건을 꺼내 재중을 겨눴다.

정확하게 네 명이 사방에서 재중을 포위한 형태가 되어 버렸다.

"저는 직접 하시는 걸 추천드립니다. 괜히 서로 힘 빼는 상황이 생기면 피곤하지 않을까요?"

마치 타이르듯 말하는 제임스였지만, 재중은 여전히 제임스를 쳐다보면서 여유로운 표정이었다.

그리고 잠시 제임스가 올려놓은 탁자 위의 서류를 보더니 입가의 미소가 크게 그려지기 시작했다.

동시에 그 미소에서 살기가 흘러나왔다.

"영국 정부가 바보인가, 아니면 MI6이 멍청한 건가?"

"뭣이라!!"

제임스는 사방으로 포위된 상황에서 재중이 자신들을 도발하는 모습에 으르렁거렸다.

하지만 재중은 아랑곳하지 않고 계속 말했다.

"아니면, MI6 요원인 자네가 멍청한 건가?"

"크크크큭, 허세를 떨려면 사람을 봐가면서 떠시지. 현장 업무만 수년 동안 해온 나에게 그런 허세는 통하지 않아, 선우재중."

아예 존칭도 사라진 제임스의 말에 재중은 조용히 웃으면서 손가락을 하나 세웠다.

"……?"

제임스는 재중의 행동에 순간 긴장했지만 긴장은 금방 풀렸다.

대체 손가락 하나로 뭘 어쩌겠단 말인가?

사방을 특수훈련을 받은 요원들이 둘러싸고 있는 상황이다.

씨익~

그런데 재중의 입가에 미소가 최고로 환하게 그려지는 순간,

쏴아악!!

갑자기 홀 안이 엄청난 살기로 가득 차기 시작했다.

"뭐, 뭐야?!"

제임스는 피부에 따갑게 느껴지는 이상한 느낌을 받자마자 본능적으로 알 수가 있었다.

지금 이 피부의 따가움이 살기라는 것을 말이다.

하지만 누가 이런 말도 안 되는 살기를 뿌린단 말인가? 제임스는 이해할 수가 없었다.

그런데 제임스는 그런 의문을 풀 수가 없었다.

으드득!

갑자기 재중이 눈앞에서 사라지더니 요원 하나의 목이 그대로 360도 한 바퀴 돌아서 꽈배기처럼 꼬여 버린 것이다.

그런데 그게 끝이 아니었다.

꽈직!

재중의 뒤에 있던 요원은 갑자기 무언가 따끔하다는 느낌을 받는 순간 죽어버렸다.

정확하게 가슴의 심장이 있을 만한 위치가 함몰되면서 말이다.

심장은 딱 주먹만 한 크기로 함몰되었다.

"뭐야?"

제임스는 동시에 자신의 부하가 죽는 모습이 너무나 현실감이 없어서인지 뇌가 인식하는 것에 잠깐의 딜레이가 생겼다.

그리고 그 잠깐의 순간이 그의 목숨을 가르는 절체절명의 순간이 될 줄은 제임스 본인도 전혀 몰랐다.

푸억!!

제임스 옆에 있던 남은 요원 하나는 허리가 뒤로 완전히 접힌 상태로 죽어버렸다.

그런데 신기한 것은 이 모든 것을 눈으로 지켜본 제임스조차도 요원들이 어떻게 죽었는지 도무지 알 수가 없다는 것이다.

재중이 사라지는 순간, 요원들이 갑자기 귀신에 홀린 듯
제멋대로 죽어버렸으니 말이다.

"제임스!"

쏴아악!!

그리고 모든 요원이 죽었을 때, 그의 귓가에 재중의 나
직한 목소리가 들렸다.

제임스는 그제야 깨달았다.

자신이 누구를 건드렸는지 말이다.

"…선우… 재중… 당신은… 도대체…….."

도무지 설명이 되지 않는 상황이다.

무려 네 명의 고도로 훈련된 요원이 둘러싸고 있는 상
황이었는데 재중은 그중에 요원 셋을 모두 죽였다.

그것도 불과 찰나의 순간에 말이다.

거기다 마지막으로 제임스의 옆에 천천히 모습을 드러
내면서 귓가에 한마디를 속삭인다.

그동안 사선을 수도 없이 넘었다고 자부하던 제임스조
차도 온몸에 피가 마르는 느낌을 받았다.

"다시 묻고 싶은데, 나를 이용해서 그리스 외환위기를
넘기려는 작전을 짠 사람이 누구지?"

재중은 이미 제임스가 그리스 이야기를 꺼낼 때부터 영

국 정부는 아니라는 것을 눈치챘다.

영국 정부가 이 계획을 밀어붙이기에는 너무 리스크가 컸다.

혹시라도 잘못될 경우 그리스가 아니라 영국이 국가 부도 사태를 맞이할 수도 있는 엄청난 리스크였다.

그런데 그런 리스크를 떠안고 재중을 협박한다? 이건 의미 없는 짓이었다.

하지만 그런 상황에서도 이미 일은 벌어져 버렸다.

MI6 요원인 제임스가 재중을 대놓고 협박했으니 말이다.

즉 MI6에서 단독으로 작전을 실행했다는 결론이 나온다.

"몰라. 그건 나도 잘……."

고문 훈련을 받은 덕문일까?

거의 이성이 마비가 올 만큼 살기를 받은 제임스였지만 모른다는 말만 반복했다.

"요원 훈련은 잘 시켰군. 드래곤 피어를 정면으로 받고도 버티는 것을 보면 말이야."

살아 있는 생물이라면 그 어떤 존재도 거부할 수 없는 공포를 느낀다는 것이 바로 드래곤 피어였다.

겉으로 보기에는 재중이 나직하게 제임스의 귓가에 속

삭이듯 말하는 것뿐으로 보였다.

하지만 사실은 그 작은 목소리에 드래곤 피어가 섞여 있었다.

그러나 고문 훈련이 얼마나 잘되어 있는지 드래곤 피어로 이성이 마비가 되어 있는 상태에서도 제임스는 계속 모른다고 반복했다.

"별수 없군."

재중은 생각을 바꿨다.

굳이 바보가 된 제임스를 붙잡고 늘어질 필요가 없었다.

'세프.'

재중이 나직하게 세프를 부르자,

ㅡ네, 재중 님.

기다렸다는 듯 세프의 목소리가 들려왔다.

'지금 이 상황, 굳이 내가 말하지 않아도 알고 있겠지?'

재중이 굳이 설명하지 않아도 가디언인 그녀가 모를 리가 없다.

재중이 한마디 하자 바로 세프에게서 답이 돌아왔다.

ㅡ어느 선까지 원하십니까?

이번 작전을 계획하고 지시한 사람들의 범위를 묻는 세프의 말에 재중은 조용히 웃으면서 대답했다.

‘모두 다.’

ㅡ알겠습니다. 제가 직접 끌고 올까요?

세프는 재중이 진심으로 화가 났다는 것을 느꼈는지 직접 움직이려고 했다.

‘아니. 넌 이미 비행기에 탑승한 승객 명단에 있으니 없어지면 곤란할 거야.’

재중은 세프의 제안을 거절하고 대신 테라를 불렀다.

ㅡ네, 마스터.

‘세프가 말한 인간 모두 당장 내 앞으로 끌고 와.’

나직하게 한마디 하자,

ㅡ네, 곧바로 끌고 오겠습니다.

연아의 그림자에서 테라의 기척이 사라져 버렸다.

한편, 테라가 사라졌지만 아직 끝난 게 아니었다.

‘세프.’

ㅡ네, 재중 님.

‘당장 영국 정부에 정식으로 항의하면 먹힐까?’

MI6 요원 중에 셋을 죽였다.

그리고 하나는 드래곤 피어로 바보로 만들어 버렸으니 쉽게 넘기기는 이미 틀린 일이었다.

그러다 보니 재중은 세프의 힘을 빌릴 수밖에 없었다.

ㅡ우선 테라가 끌고 오는 녀석들을 당장 죽이시면 안

됩니다.

'왜?'

—그 녀석들이 뒤처리를 해야 합니다, 재중 님.

'제대로 해줄지 의문이군.'

재중은 작정하게 자신을 물 먹이려고 했던 녀석들이 뒤처리를 해줄 리가 없다는 생각에 심드렁한 표정으로 말했다.

—물론 그 녀석들만 있으면 안 되겠죠. 하지만 MI6 국장이 같이 있다면 이야기가 달라집니다.

'국장도 테라가 끌고 온다는 건가?'

—네. 이미 테라가 데려올 인간들의 명단 중에 MI6 국장도 포함되어 있습니다.

이미 세프는 뒤처리까지 생각해 둔 상태였다.

'고마워.'

재중은 확실히 테라와 다른 일 처리 방식이 그다지 나쁘다는 느낌이 들지 않았다.

흑기병과 같은 충성심과 테라와 같은 두뇌를 동시에 가지고 있다는 느낌이 들었다.

물론 그렇다고 지금 있는 테라와 흑기병에 불만이 있는 것은 아니었다.

그저 전혀 새로운 타입의 가디언이 신선하게 느껴졌을

뿐이다.

*   *   *

"…어떻게 이런 일이……."

대충 10분 정도 지났을까? 테라는 정확하게 다섯 명을 재중 앞에 데려다 놓았다.

물론 그중에 한 명 MI6 국장이자 일명 M으로 통하는 사람도 포함이 된 것은 당연했다.

"정말 유감스럽네요. 영국 정부에게."

재중이 나직하게 말하면서 제임스가 설치해 놓은 비디오카메라를 그들에게 보여주었다.

네 사람은 얼굴이 흙빛이 되었고 MI6 국장인 M은 얼굴이 붉다 못해 시뻘겋게 변하기 시작했다.

"…면목이 없습니다, 재중 씨."

M은 재중에게 고개를 숙여 사과하면서도 이를 갈았다.

이런 수치는 정말 MI6 국장으로 있으면서 처음 받아보는 것이었다.

더구나 무엇보다 국가 정보기관이 개인을 협박해서 그리스의 외환위기를 넘기려고 했다는 것 자체가 상당히 심각한 문제였다.

거기다 그 개인이 빅핸드인 재중이라면 상황이 국가 위기 수준이다.

"참으로 유감스럽습니다. 저는 영국에 기대를 많이 하고 수많은 투자를 했는데 대가가 제 돈을 훔쳐 가는 것이라니⋯⋯."

재중은 노골적으로 얼굴이 흙빛이 된 네 사람을 향해 조소를 흘리면서 말했다.

"이번 일은 제가 책임지고 처리하겠습니다. 다만 이번 일은 절대로 영국 정부가 원한 일이 아니었다는 것만은 알아주십시오."

당장 재중이 열 받아서 영국 기업에 투자한 투자금을 빠르게 회수한다면 영국은 휘청거릴 것이다.

거기다 그렇게 투자한 투자금을 만약 프랑스나 다른 유럽 국가에 투자한다면 이건 상황이 최악으로 치달을 수도 있었다.

한순간에 국가 부도 사태가 벌어지는 것이다.

그리고 그런 상황을 영국이 자랑하는 MI6 요원이 일으켰다는 것은 정말 입이 몇 개라도 할 말이 없었다.

증거 영상에 이미 대외적으로 알려진 제임스 요원이 찍혀 있으니 말이다.

아니, 증거가 조작이라고 우길 수도 있었다.

문제는 재중이 가진 돈이니 결국 이런 증거는 그저 확인용에 불과했다.

조작이든 아니든 재중이 투자금을 회수하는 것을 상상하는 것만으로도 눈앞에 아찔해진 M이었다.

그는 어떻게든지 재중의 화를 풀어야 한다는 생각에 최대한 사정하면서 이번 일의 발단이 된 네 명의 팀장을 죽여 버릴 듯 무섭게 노려보았다.

재중은 적당히 위협이 되었다고 생각했는지 슬쩍 말을 돌리면서 M에게 조용히 말하기 시작했다.

"M의 반응을 보니 영국 정부는 아닌 것 같군요."

"당연합니다. 저희는 절대로 그런 짓을 하지 않습니다. 저런 국가의 버러지 같은 놈들을 제외하고는 말입니다."

재중의 말에 맞장구를 치면서도 M은 이번 일의 주모자인 네 명의 팀장에게 시선을 보냈다.

그때마다 눈에서 살기가 뚝뚝 흘러내렸다.

"뭐 그럼 저도 이번 일은 오해로 인해 벌어진 일이라고 생각하겠습니다."

재중이 슬쩍 한발 물러나는 척하자,

"그래주시면 제가 적극적으로 이번 영국에서 재중 씨가 하려는 일에 도움을 드리도록 하겠습니다."

M은 당장 재중의 마음을 풀어야 한다는 생각에 최대한

편의를 봐주기로 했다.

자신들이 어떻게 갑자기 하늘을 날고 있는 비행기에 떨어진 것인지는 이미 그들 머릿속에 남아 있지 않았다.

국가 부도 사태가 바로 코앞에 다가와 있으니 겨우 공간이동으로 정신이 빠질 여유가 없었다.

뿐만 아니라 재중이 먼저 드래곤 피어를 살짝 흘려서 그들의 이성을 어느 정도 마비시킨 것도 정확하게 맞아떨어졌다.

"아, 그리고 제가 어쩔 수 없이 죽인 요원분의 가족에게는 죄송하다고 전해주십시오."

재중은 마치 자신이 살기 위해서 어쩔 수 없이 요원을 죽였다는 식으로 말했다.

M은 무조건 알았다고 대답했다.

그리고 다시 테라가 그들을 데리고 사라졌을 때에는 재중이 죽인 세 명의 시체와 바보가 된 제임스도 사라진 뒤였다.

*　　　*　　　*

"이게 말이 됩니까!!"

쾅!!

MI6 국장인 M은 현장 팀장들이 자기들끼리 작당해 국가를 위기로 몰아넣은 것에 이가 갈리고 온몸의 피가 끓어올랐다.

거기다 하려면 성공을 하든 해야 할 것 아닌가.

이건 실패를 해도 최악의 상황으로 실패하고 말았다.

물론 이 과정에서 M은 재중이 마나의 인도자들과 같은 능력을 가지고 있다는 것을 어렴풋이 알게 되었다.

하지만 이미 그런 능력 하나가 더해졌다고 뭐가 달라지기에는 이미 재중이 거물 중의 거물이 된 상태라 결국 의미가 없었다.

"M, 이 녀석들을 어떻게 할까요?"

이미 반쯤 시체가 된 팀장들을 바라본 M은 아무 말 없이 고개를 끄덕였다.

"알겠습니다."

비서는 조용히 인사와 함께 팀장들을 데리고 국장실에서 사라졌다.

물론 그 후로 그들을 본 사람은 아무도 없을 것이다.

그 팀장과 관계된 사람들도 갑작스런 교통사고나 이런저런 사고로 다 죽어버린 것은 말할 필요도 없었다.

반면 팀장들이 저지른 일을 보고해야 되는 M은 머리가 지끈거리기 시작했다.

"하필 빅핸드를 건드리다니… 미친놈들. 으드득!"

사실 MI6에서도 재중을 강제로 납치해서 그리스에 돈을 주는 것을 생각한 적이 있었다.

이미 스페인과 한국 정부에 각각 200억 달러와 100억 달러를 무상으로 준 기록이 있다.

그러니 이번 그리스 경우도 재중이 300억 달러를 무상 지원했다는 식으로 정보를 조작할 생각으로 말이다.

그런데 세프의 전화 한 통으로 계획은 완전 폐기되었다.

영국 정부는 재중이 자신들이 가장 무서워하는 얼굴 없는 그림자와 연관이 있다고 생각하고는 아예 건드리지 않는 것을 가장 최선의 방법으로 선택한 것이다.

이미 예전에 세프를 찾아서 어떻게든지 이용하려고 하던 수많은 국가가 거의 무너지는 위기를 겪은 바 있다.

그 뒤로는 얼굴 없는 그림자, 즉 세프를 건드리지 않는 것은 각국의 정보국마다 불문율이나 마찬가지였다.

그런데 MI6에서 의도치 않게 현장요원들이 사고를 쳐 버렸다.

그것도 초대형 사고를 말이다.

당장이야 M이 재중을 달래는 것에 성공은 했지만, 그것이 문제가 아니었다.

재중이 영국 정부에 불신을 가지게 되었다는 것이 가장 큰 문제였다.

영국 기업에 투자해 70%를 보유하고 있는 재중이다.

사실 여기서 더 투자할 수도 있지만, 정부에서 어느 정도는 적당히 시간을 두고 해달라고 부탁해서 그나마 이 정도였다.

그런데 재중이 영국 정부에 불신을 가지게 되면 이후 어떻게 변할지는 그 누구도 알 수가 없었다.

투자를 더 한다는 것은 정말 운이 좋은 경우이고, 투자를 줄이거나 투자하기로 한 것을 취소할 수도 있으니 말이다.

한 번에 수백억 달러를 움직이는 재중이 정말 마음먹고 움직여 버리면 유럽 국가 하나를 흔드는 것은 정말 일도 아니었다.

그렇기에 지금 M이 이렇게 머리가 지끈거리는 고통 속에서도 어떻게 위에 보고를 해야 할지 난감한 것이다.

"어떻게 선우재중의 마음을 풀지. 어떻게……."

어떻게든지 빠른 시일 안에 재중이 영국 정부에 가진 불신을 풀어야만 했다.

본래 불신은 처음에는 작다고 해도 그게 시간이 지나면서 곪고 쌓여 나중에는 어떻게 손을 쓰지도 못할 만큼 크게 변할 수도 있는 것이다.

그렇기에 정보를 다루는 MI6의 수장인 M은 안절부절못했다.

"응?"

그는 그러다가 문득 재중이 영국에 오는 이유를 떠올렸다.

"어쩌면… 가능할 거야."

재중이 영국에 오는 이유, 즉 마나의 인도자다.

재중을 그들과 연결시켜 주면 최소한 지금의 사태를 어느 정도는 무마할 수 있다는 생각이 든 것이다.

M은 곧바로 상부에 보고하기 위해 움직이기 시작했다.

사고를 쳤으면 그에 대한 해결책도 보고해야만 살아남는 곳이 바로 정보부였다.

해결책을 찾자 두통도 어느 정도 사라진 듯 M의 표정이 조금 전보다는 많이 살아난 것처럼 보였다.

Chapter 14
마법사

재중귀환록

"린다 마릴이에요."

"……?"

재중은 영국 공항에 내리자마자 또 자신을 찾아온 여자, 아니, 정확하게는 MI6요원을 보고는 작게 한숨을 내쉬었다.

"재중 씨에게 도움이 되려고 찾아왔으니 그렇게 싫은 표정 보이지 말아주세요."

애교 섞인 말투로 재중에게 너무나 자연스럽게 접근한 린다는 슬쩍 재중에게 다가서려고 했다.

척!

그런데 그런 린다의 생각을 먼저 읽었는지 천서영이 린다가 움직이는 방향으로 먼저 들어와 막아버렸다.

"호호호, 천서영 씨도 처음 봬요."

린다는 자신의 계획을 방해한 사람이 천서영이라는 것을 알고는 바로 접대용 미소를 지었다.

하지만 속마음으로는 쉽지 않을 것 같다는 생각을 했다.

'쩝, 생각보다 눈치도 빠르고 움직임도 빠른데?'

린다는 지금까지 MI6에서 활동하면서 목표의 애인을 뺏거나 남자를 가로채는 등의 심리전으로 혼란을 주는 작전을 전문으로 해왔다.

그러다 보니 재중을 보고서 자연스럽게 접근한 것이다.

물론 M으로부터 최대한 재중과 친밀하게 지내라는 명령을 받기도 했다.

하지만 그것보다 재중을 직접 본 린다 마릴은 재중의 몸에서 풍기는 본능적인 매력에 자신도 모르게 끌리는 것을 느꼈다.

이성을 유혹하기 위한 훈련으로 언제나 몸이 민감한 린다 마릴이었다.

오히려 그래서 더 재중에게서 빠르게 매력을 느꼈을지

도 모른다.

"재중 씨."

"네, 말씀하세요."

재중은 탐탁지 않다는 표정으로 대답했다.

"그 일은 저희의 뜻이 아니었어요. 그래서 그 보답이라기보다 재중 씨에게 도움이 되는 정보를 드리려고 하는데 설마 이것도 싫은 것은 아니겠죠?"

말투 하나하나가 남자를 유혹하는 린다 마릴의 모습에 천서영은 여전히 민감하게 반응했다.

물론 천서영 혼자서 말이다.

"마나의 인도자들과 직접 만날 수 있게 저희가 다리를 놓아드리려고 해요."

재중은 린다 마릴의 말을 듣고서야 뚱한 표정을 슬쩍 풀었다.

그런 재중의 표정 변화에 린다 마릴은 빠르게 반응했다.

"단, 조건이 있어요."

"조건?"

재중은 지금 바로 연결해 줘도 그쪽이 아쉬울 텐데 갑자기 조건이 있다고 하자 살짝 눈살을 찌푸렸다.

"아, 이건 저희가 말하는 조건이 아니에요. 그쪽 마나의 인도자들이 저희에게 요구한 조건이니까요. 재중 씨 혼자만 그들과 만날 수 있어요."

재중은 자신 혼자라는 말에 잠시 생각하는 척하곤 곧 고개를 끄덕였다.

"어차피 몇 가지 물어볼 것이 있을 뿐이니 나 혼자라도 상관없겠지."

재중이 흔쾌히 받아들이자 린다 마릴은 입가에 미소를 지었다.

"그리고 그들과의 만남은 이틀 뒤예요. 대신 그동안 저희 쪽에서 모든 서비스를 해드릴 겁니다. 어떠세요?"

재중은 린다 마릴의 말에 고개를 끄덕였다.

어차피 기다려야 한다면 영국 정부에서 해준다는데 굳이 거절할 이유가 없었다.

그렇게 린다 마릴의 안내를 받아 도착한 호텔은 그렇게 고급스럽거나 웅장한 느낌은 아니었다.

외간상으로는 말이다.

하지만 안으로 들어가자 분위기가 달랐다.

"와, 옛날 성을 개조해서 호텔로 만들었군요?"

천서영이 안으로 들어서고 나서야 호텔이 원래는 고성(古城)이었다는 것을 알아채곤 감탄했다.

"네, 맞아요. 버려진 성이었는데 그걸 매입한 호텔 주인이 새롭게 꾸며서 호텔로 만들었죠. 여긴 아는 사람만 아는 호텔이니까 나중에 꼭 다시 오세요."

재중을 보면서 윙크까지 하는 린다 마릴은 정말 틈만 보이면 재중에게 추파를 던져댔다.

"그럼 쉬세요~"

쉴 틈 없이 재중에게 은근한 추파를 던지던 린다 마릴도 결국 호텔까지 안내를 마친 뒤에는 돌아설 수밖에 없었다.

더 이상은 상대가 싫어할 테니 말이다.

물론 천서영이 도끼눈을 뜨고 지켜보고 있는 이유도 있지만, 남자를 유혹하는 것에 성급하면 안 된다는 것을 알고 있기 때문이다.

린다 마릴은 아직 재중과 만날 기회가 며칠 남았음을 알고 있었다.

거기다 결정적으로 마나의 인도자들과 재중의 만남을 주선할 때 움직이려는 생각을 하고 있기에 지금은 조용히 물러나기로 했다.

"세프, 너의 생각은?"

린다 마릴이 물러나자 재중은 곧바로 세프를 불러서 자신의 방뿐만 아니라 일행이 지내게 될 모든 방을 검사했다.

상대는 MI6였기에 도청장치 정도는 당연히 있을 것으로 생각하고 검사한 것이다.

"쩝, 아무튼… 반성을 하는 건지…….."

그리고 정말 그의 생각대로 각 방마다 도청기가 무려 열 개씩 쏟아져 나왔다.

침실은 물론 화장실에 샤워실, 전화기는 기본이고 창문 밖 베란다까지 꼼꼼하게 도청기를 숨겨놓은 MI6이다.

재중은 호텔 직원을 불러 친절하게 도청기를 그쪽으로 보내 버렸다.

"별수 없군."

그리고 혹시라도 자신들이 찾지 못한 최첨단 도청기나 카메라가 있을지도 모른다는 생각에 겉으로는 일상적인 대화를 하면서 다른 쪽으로 마나를 이용해 뇌에 직접적으로 전달하는 방식으로 진짜 대화를 시작했다.

'세프, 너의 판단으로는 MI6에서 마나의 인도자와 나를 연결해 주는 것이 얼마나 신빙성이 있을까?'

한번 뒤통수를 맞은 재중은 이미 M의 걱정대로 MI6에 대한 신뢰가 사라진 상태였다.

거기다 호텔에서 도청기까지 나왔으니 오죽하겠는가.

—아마 거의 95% 확률로 진짜 마나의 인도자와 재중 님을 연결시켜 줄 겁니다. 만약 이번에도 뒤통수를 친다면

테라가 영국에 투자한 모든 투자금을 회수하고 그렇게 회수한 자금을 프랑스에 쏟아부을걸요.

'하긴.'

재중도 영국 정부가 바보가 아닌 이상 자신이 영국까지 온 목적을 가지고 장난칠 거라고는 생각되지 않았다.

그런데 정말 문제는 바로 소개는 해주되 과연 마나의 인도자 중에 어떤 인물을 소개해 주느냐 하는 것이다.

'최소 4서클, 뭐 욕심을 부리자면 5서클 정도의 마법사를 만나지 않는 이상 라스푸틴을 찾는 것은 힘들 수도 있어.'

소개는 해주되 만약 MI6가 소개해 준 마나의 인도자가 가장 밑바닥인 견습 마법사일 경우 이건 하지 않는 것만 못한 상황이 벌어질 수가 있었다.

─그건 저도 조금 걱정하는 중입니다, 재중 님.

세프도 재중과 같이 과연 MI6에서 마나의 인도자 중 어느 정도의 마법사를 만나게 해줄까 궁금했다.

왜냐하면 그것에 대해서는 재중이 단 한마디도 한 적이 없으니 말이다.

'세프.'

─네, 재중 님.

'너의 정보력으로는 역시 힘들겠지?'

상대는 마법사이다.

사실 3서클인 중급 마법사만 되어도 세상의 모든 눈을 속이고 평생 살아가는 것이 가능하다.

그런데 그런 마법사들이 모여 있다면 아무리 위성을 여러 개 보유하고 있고 마법과 과학을 합친 마학이라는 새로운 장르를 개척한 세프라도 추적하는 것이 쉽진 않을 것이다.

그 증거로 재중이 말하기 전까지 크레이언 올드 세이라와 세프는 마나의 인도자에 대한 존재를 모르고 있었다.

물론 곧 떠날 존재이기에 깊이 파고들지 않은 면도 있었다.

하지만 아무리 그렇다고 해서 지구에 있는 마법사의 존재를 몰랐다는 것은 드래곤의 가디언이라는 자존심에 어느 정도 상처가 되기에 충분했다.

―지금 당장은 힘듭니다. 위성으로도 한계가 있으니까요. 하지만 이미 이번에 재중 님이 움직이실 때 모든 위성을 이곳에 집결시켜 놓은 상태입니다.

'모든 위성을?'

―네, 재중 님과 만난 뒤 마나의 인도자를 추적할 생각입니다.

'가능할까?'

상대가 마법사이기에 간단하게 은신마법이나 투명마법, 아니면 공간이동마법만 써도 사실 위성을 이용한 추적은 아무런 의미가 없었다.

그런데 그런 재중의 말에 세프는 슬쩍 입가에 미소를 지었다.

—이번에는 다를 겁니다. 마스터의 명령으로 위성에 모든 제약을 풀었으니까요.

'제약?'

—네, 사실 제가 운용하는 인공위성은 100% 과학 기술만 적용한 것이 아닙니다. 당연히 저와 마스터의 마법까지 포함한 마학의 결정체입니다. 그리고 이미 공간이동을 할 것까지 예상해서 마나 추적필드까지 해제를 시켜놓은 상태이니 절대로 제 눈을 벗어날 수 없을 겁니다.

'......'

재중은 설마 인공위성 광범위 추적 마법인 마나 추적필드까지 사용했다는 말에는 할 말을 잃었다.

하늘 위에서 광범위한 지역을 모두 감시해야 할 정도라면 과연 얼마나 많은 마나를 소모할지 재중도 쉽게 상상이 되지 않았으니 말이다.

'하지만 MI6와 달리 우리도 나름 접선을 해봐야지.'

무작정 그들을 믿을 수는 없기에 재중이 나직이 또 다

른 접선을 제안했다.

 ―이미 오기 전에 사람을 시켜서 맨체스터에 구인광고를 올려놓았습니다, 재중 님.

 '벌써?'

 ―MI6의 눈이 움직이기 전에 하는 것이 가장 안전하니까요.

 확실히 정보를 다루는 세프는 몇 수 앞을 내다보고 움직였다.

 재중이 영국행을 결심하자마자 바로 사람을 시켜 구인광고를 냈으니 말이다.

 MI6에서 소개해 준 사람이 말단 견습 마법사일 경우 시간만 낭비하게 된다.

 그런데 그 후에 다시 구인광고를 낸다면 거의 높은 확률로 MI6에 걸릴 것이다.

 하지만 영국으로 출발하기도 전에 구인광고를 낸 상태라면 재중은 그저 기다리면 되는 것이다.

 어느 쪽이든 먼저 연락 오는 쪽을 만나면 되는 것으로 의외로 상황이 쉽게 풀릴 수도 있었다.

 물론 생각대로 될 경우 그렇다는 것이다.

 삣!

 ―……?

재중과의 이야기를 끝내고 셰프가 일어서는데 태블릿에서 알람이 울었다.

─재중 님.

'응?'

─아무래도 저희가 먼저 성공한 것 같은데요?

'…벌써 구인광고 효과가 온 건가?'

─네.

'그럼 우선 MI6 몰래 만나야겠군.'

재중은 마나의 인도자를 만날 때 MI6라는 꼬리를 달고 갈 생각이 없었기에 곧바로 움직였다.

물론 이렇게 빨리 연락이 올 줄 몰라 갑자기 움직일 수밖에 없게 되었다.

재중은 어쩔 수 없이 화장실을 가는 척하면서 그대로 공간이동으로 호텔에서 사라져 버렸다.

*   *   *

'약속 장소는?'

재중이 다시 모습을 드러낸 곳은 의외로 사람이 많이 다니는 공원이었다.

살짝 어두운 풀숲에서 나온 것처럼 재중은 자연스럽게

공원에 도착해 곧바로 사람들 사이로 섞여들었다.

나무를 숨기려면 숲에 숨기라는 말이 있듯, 자신을 숨기려면 사람들 틈에 숨는 것만큼 좋은 방법이 없다.

그래서 재중은 그 방법대로 움직인 것이다.

재중은 사람들 틈에 섞이자마자 셰프에게 약속 장소와 시간을 물었다.

─두 시간 뒤 하버가 뒤쪽 카페입니다, 재중 님.

'하버가? 음, 내가 알아서 찾아가야겠군.'

급하게 나오다 보니 아무것도 없이 현금만 가지고 나온 참이다.

재중은 결국 사람들에게 물어서 찾아가는 것을 선택했다.

"하버가? 저쪽으로 가서 뒤 골목으로 가면 되네. 뭐 큰 길을 따라서 쭈욱 가다가 꺾어도 되지만 골목으로 가는 게 더 빠를 거야."

이곳에서 오래 살아온 듯한 노인에게 묻자 역시나 일반적인 길과 지름길을 동시에 알려주는 친절함을 보여주었다.

재중은 곧바로 지름길을 택해 골목으로 발걸음을 옮겼다.

아직 두 시간이 남아 있지만 늦는 것보다 차라리 일찍

가서 기다리는 것이 상대에게도 좋은 인상을 줄 수 있을 것이다.

그런데 재중이 골목으로 걸음을 옮기고 불과 몇 분이 지났을까, 재중의 앞을 가로막는 이가 있었다.

"어이, 원숭이."

징이 가득 박힌 조끼에 손으로 쇠고랑을 돌리면서 재중 앞을 막아선 이는 얼핏 봐도 심하게 불량해 보였다.

아니, 불량하다는 수준을 떠나서 재중이 그들의 눈동자를 보는 순간 느낀 것은 단 하나였다.

'마약 중독이군.'

눈동자가 탁하고 힘이 없어 보이는 것과 동시에 눈동자가 흐리멍덩한 것이 마치 죽은 생선 눈동자를 보는 듯했다.

과연 앞이나 보이는 건지 의심될 정도로 심하게 탁한 눈동자를 보니 마약 중독 말기가 분명했다.

"원숭이, 머니 알지? 머니~ 얼른 내놔."

재중의 동양적인 모습에 그는 재중을 영국에 놀러 온 돈 많은 여행객으로 생각한 것 같았다.

사실 실제로도 한국이나 일본, 중국 여행객들이 현금을 많이 가지고 다니는 것은 알 만한 사람은 다 아는 사실이다.

그러다 보니 아시아인만 전문적으로 소매치기하는 사람들이 있을 정도이니 따로 설명할 필요가 없었다.

"이거면 되나?"

재중은 자연스럽게 주머니에서 20유로를 꺼내 남자에게 보여주었다.

"뭐야? 이거뿐이야?!"

최소 200유로를 생각한 남자였다. 그는 재중이 꺼낸 20유로는 돈으로도 보지 않는 듯 버럭 화를 내더니 손에 들고 있던 쇠사슬을 힘껏 치켜들었다.

"있는 거 다 내놔! 안 그러면 네놈 머리통을 부숴서 들개 밥으로 던져주지! 크크크큭!"

약에 미친 놈들은 절대로 뒷일은 생각하지 않는다.

만약 재중이 보통의 사람이었다면 무조건 도망쳤을 것이다.

약에 중독되어 미친 사람은 절대로 평범한 사람이 이길 수 없을 만큼 힘이 세기도 했다.

그러나 무엇보다도 약을 사기 위해서라면 사람 하나 죽이는 것은 아무렇지도 않게 생각하기에 정말 위험했다.

하지만 재중은 쇠사슬을 높이 치켜든 남자의 협박에도 불구하고 편안한 표정으로 말했다.

"이거뿐인데 어쩌겠어?"

"이 자식이!"

휘리릭!!

쾅!!

재중의 말에 잔뜩 화가 난 남자가 힘껏 쇠사슬을 휘둘렀지만, 재중은 손가락 하나 까딱하지 않았다.

왜냐하면 이미 빗나갈 것을 알고 있기에 굳이 피할 이유가 없었다.

그리고 또 다른 이유도 있었다.

"노인장, 언제까지 숨어서 지켜볼 생각이지?"

재중이 날카롭게 남자의 옆으로 난 좁고 어두운 골목을 향해 한마디 하자,

"클클클클, 어떻게 내가 있는 것을 알았는지 모르지만 네놈의 몸뚱이는 내가 잘 써주마."

그랬다.

재중이 처음에 길을 물었던 노인이 모습을 드러냈다.

그것도 공원에서 본 인자한 표정의 노인이 아니라 마치 악마가 사람 얼굴 가죽을 뒤집어쓴 듯 잔인한 미소를 지으면서 말이다.

"…장기 밀매하는 놈이었군."

재중은 노인이 말한 몸을 잘 써준다는 말을 듣자마자 모든 상황이 파악되었다.

노인은 우선 공원에서 마냥 기다리는 것이다.

여행객 중에서 아무것도 모르고 사라져도 사람들이 찾지 않을 그런 사람을 말이다.

그리고 지름길과 멀리 돌아가는 큰길을 동시에 알려주는 준다.

여기에 함정이 있었다.

여행객들은 대체적으로 짧은 기간에 많은 곳을 돌아보려는 욕심이 있다.

그러다 보니 굳이 노인이 지름길로 가라고 떠밀지 않아도 지름길과 큰길을 알려주면 알아서 지름길로 들어섰다.

교묘히 사람 심리를 이용하는 것이다.

그리고 그렇게 들어선 지름길에는 노인이 미리 준비한 약에 미친 놈이 기다리고 있다.

지금의 재중이 처한 상황처럼 말이다.

당연히 여행객은 놀라서 도망칠 것이고, 그런 상황에 약에 미친 놈은 물불 가리지 않고 여행객을 죽일 것이 뻔했다.

물론 약에 미친 놈은 오로지 약을 살 돈이 목적이니 돈만 뒤져서 가져간다.

놈이 가버리고 나면 남은 싱싱한 시체는 당연히 골목에 그대로 남아 있게 된다.

그러면 골목에서 숨어 기다리던 노인이 그 시체를 가져가 장기만 꺼내 파는 것이다.

시체를 처리하는 방법은 많았다.

강한 알칼리가 가득 담긴 용액에 시체를 넣어버리면 순식간에 냄새도 없이 녹아버리고 그것은 폐기물로 버리면 끝이었다.

"쓰레기군."

재중이 나직하게 말했지만 노인은 여전히 웃고 있었다.

"네놈의 튼튼한 몸을 보니 장기도 튼튼한 것이 비싸 보이는구나. 내가 잘 써주마. 클클클클클."

반면 재중을 마주한 남자는 결국 인내심이 한계에 도달했는지 다시 쇠사슬을 치켜들면서 히죽거렸다.

"그냥 죽이고 내가 뒤지면 되지. 크크큭."

이미 여러 번 이런 식으로 돈을 마련했는지 사람을 죽이는 것에 전혀 거리낌이 없는 모습을 보인다.

그를 보는 재중의 입가에도 미소가 그려졌다.

"세상에 존재해서는 안 되는 쓰레기는 어디에나 있지. 하지만 그걸 내가 굳이 다 정리할 생각은 없어. 귀찮으니까. 하지만……."

휙!

재중의 몸이 갑자기 튕기듯 앞으로 쏘아지더니 순식간에 쇠사슬을 치켜든 남자의 코앞에 도달했다.

그리고 하던 말을 계속 이었다.

"눈에 보이는 쓰레기까지 모른 체하진 않아."

콰직!

말과 동시에 재중이 남자의 목을 한 손으로 움켜쥐더니 그대로 힘을 주었다.

우드드득!!

굵은 목에 재중의 손이 파묻히면서 노인의 귀에도 들릴 만큼 큰 소리와 함께 목뼈가 부서져 버렸다.

덜렁덜렁.

그리고 그게 끝이었다.

약에 미쳐서 지금까지 몇 명이나 죽였는지 모르지만 그는 그렇게 죽어버렸다.

"괴물!"

노인은 저렇게 큰 덩치의 남자의 목을 한 손으로 부러 뜨려 죽이는 재중을 보고는 너무나 놀라서 도망갈 생각도 못했다.

아니, 지금까지 도망친 적이 없기에 상황 판단을 하지 못하는 것인지도 몰랐다.

"노인장."

"허걱!"

재중이 죽은 남자의 목을 쥐고 천천히 노인에게 다가가자,

털썩!

노인은 마치 저승사자라도 본 듯 놀란 표정으로 엉덩방아를 찧더니 그대로 발버둥 치면서 뒤로 물러나기 시작했다.

원초적인 공포, 지금 노인은 재중에게서 그 원초적인 공포를 느끼고 있었다.

덥석!

하지만 뛰어서 도망가도 잡힐 판에 엉덩이를 땅에 대고 발버둥 쳐서 얼마나 가겠는가?

당연히 재중의 손에 바로 노인의 목이 잡혔다.

우드득!

그러고는 재중이 일말의 생각할 필요도 없이 노인의 목을 그대로 꺾어버리자,

덜렁덜렁.

남자와 마찬가지로 노인도 축 늘어진 시체가 되어버렸다.

지금까지 죽인 여행객들의 시체와 같이 말이다.

"테라."

─네, 마스터!

재중이 부르자 어둠 속에서 테라가 모습을 드러내더니 재중의 손에 들린 두 구의 시체를 보고는 고개를 흔들었다.

─마스터, 그냥 죽여 버리면 이놈들이 그동안 장기를 팔아서 번 돈을 찾을 수가 없어요.

테라는 죽인 것이 문제가 아니라 이놈들이 사람 장기를 팔아서 번 돈을 찾지 못하는 것이 안타까웠다.

"그럼 MI6에 넘겨."

─네?

"MI6라면 시체지만 충분히 추적이 가능하겠지."

재중은 그냥 길 가다 쓰레기를 주워서 버리듯 어둠 속에 던져 버리고는 평소와 다름없이 골목을 걷기 시작했다.

─마스터!

"응?"

─그쪽이 아니에요.

"……."

─공원을 가로질러서 완전 반대로 가서야 해요.

테라는 노인이 가르쳐 준 방향으로 걸어가는 재중에게 제대로 길을 알려주었다.

"애초에 길을 가르쳐 줄 생각이 없었던 거군."

재중은 순진하게도 장기를 팔 생각으로 사지로 몰아넣은 노인이 말한 길을 계속 갈 생각이었던 것이다.

─후훗, 마스터, 은근히 귀여운 거 아세요?

"……?"

재중은 자신을 보고 귀엽다고 말하는 테라를 보더니 곧 눈살을 찌푸렸다.

재중은 귀엽다는 표현을 그다지 좋아하지 않았다.

어쩌면 어릴 적 길거리 생활을 할 때 귀엽다면서 접근한 사람들이 하나같이 재중의 뒤통수를 친 과거 때문일 수도 있었다.

귀엽다는 말만 들으면 자연스럽게 눈살을 찌푸리게 된 재중이었다.

재중은 그대로 테라가 말한 방향을 향해 다시 걸음을 옮겼다.

─후후훗, 아무튼 마스터도 은근히 귀엽다니까.

재중이 싫어하는 것을 알면서도 테라는 한마디를 더했다.

그러고는 재중이 구석에 던져 버린 시체를 집어 들고 어둠 속으로 사라졌다.

그리고 황당하게도 MI6 본부 대합실에 여행객을 상대

로 장기 밀매를 했다는 내용과 함께 시체를 남겨두는 친절
함까지 보여주었다.

물론 MI6는 난리가 났다.

Chapter 15
사이먼

재중귀환록

"여긴가?"

테라의 말에 따라 그대로 움직인 재중은 정말 세프가 말한 카페를 볼 수 있었다.

목조 건물로 만들어진 세월의 향기가 느껴지는 카페였다.

크기는 작지만 밖에 테라스까지 탁자가 나와 있어 결코 작다고 할 수 없는 특이한 구조의 카페다.

카페 내부에는 테이블이 서너 개뿐이지만, 지금 재중의 시야에 보이는 테라스 밖에 있는 테이블까지 하면 웬만한 중형 카페 못지않은 크기였다.

"웅?"

재중은 아이스커피를 주문했는데, 특이하게도 에스프레소와 얼음이 담긴 유리잔이 따로 나와 고개를 갸웃거렸다.

일반적으로 아이스커피라면 이미 다 만들어져 나오는 것이 대부분인 한국과 많이 다른 모습에 왠지 재미있다는 생각이 들었다.

재중은 먼저 에스프레소의 향을 살짝 맡아보고는 입술 끝으로 맛을 보았다.

"향이 진하면서도 맛이 부드러워."

그저 길에서 흔하게 볼 법한 카페였다.

한데 에스프레소의 향기와 맛을 보니 왠지 장인의 손길이 느껴졌다.

거기다 카페 한쪽에 로스팅을 하는 곳이 따로 있는 것을 보니 직접 로스팅을 하는 것 같아 더욱 이곳의 커피가 마음에 들었다.

재중은 반 정도 마시고 나서야 얼음 잔에 에스프레소를 부었다.

"음? 또 다른 맛인데?"

재중은 에스프레소를 얼음 잔에 섞으면서도 왠지 아쉬움이 남았었다.

한데 막상 얼음 잔에 에스프레소를 섞자 커피의 향이 바뀌었다.

에스프레소와 달리 맛이 연해지면서 향도 연해졌는데 오히려 그래서 더욱 부드러운 목 넘김을 느낄 수 있었다.

"역사가 깊은 곳이야."

재중은 이 정도로 커피의 맛을 살리는 카페라면 역사가 깊을 것으로 확신했다.

사실 한국에서 지금까지 재중의 맛을 만족시킨 커피는 오직 자신이 로스팅해서 만든 커피가 유일했었다.

그래서 지금 영국에서 마신 커피의 맛은 확실히 새로운 경험이었다.

유럽에서 가장 먼저 커피를 받아들이고 발전시킨 곳이 영국인 것을 생각하면 아마 커피에 대해서는 영국이 유럽에서 가장 많이 알고 발전시킨 나라일지도 몰랐다.

본래 터키 유학생에 의해 커피가 들어온 영국은 1650년에 영국 옥스퍼드대에서 최초로 커피하우스를 열었다.

이름도 특이한 야콥스라는 곳인데, 그 이유는 바로 커피하우스를 연 주인의 이름이 야곱이기 때문이었다.

그런데 그것이 아주 선풍적인 인기를 끌자 순식간에 영국 전역에 커피하우스가 생겨나기 시작했다.

당시 커피하우스는 정치인, 학자, 예술가들이 주로 이용하는 곳으로 1페니만 내면 커피를 마시면서 사상이나 철학 등이 맞는 사람들과 마음껏 이야기를 나눌 수 있는 곳이라고 해서 페니대학이라는 별명으로 불리기도 했다.

즉 영국에서 커피는 한국처럼 시간 때우기로 마시는 음료가 아니라 정치와 역사가 고스란히 묻어 있는 것이다.

재중은 공원을 가로질러 오면서도 아직도 커피하우스라는 이름을 그대로 사용하는 곳을 심심치 않게 본 것을 떠올렸다.

그걸 생각하면 이미 영국에서 커피는 생활의 일부인 듯했다.

"……?"

그렇게 커피를 음미하면서 얼마나 마셨을까? 재중의 감각에 마나를 품고 있는 사람이 걸렸다.

그것도 거리가 제법 있지만 확연히 느껴질 만큼 순도가 높은 마나를 가졌다.

뚜벅뚜벅.

구두 소리를 내며 천천히 걸어온 그는 재중 앞에 서더니 물었다.

"그대가 G 이름으로 구인광고를 낸 사람인가?"

약간의 위압감이 느껴지는 말투였다.

뒤에서 걸어왔기에 재중은 정면에 서기 전까지 그 남자

가 노인이라는 것을 몰랐다.

"그렇습니다."

"흠, 신기하군. 마나의 길을 걷는 자는 아닌 듯한데 우리를 알다니."

노인은 잠시 재중을 살펴보더니 그대로 재중의 맞은편에 앉았다.

그러고는 재중을 뚫어지게 쳐다보기 시작했다.

마치 무언가 찾겠다는 열정을 가진 눈동자이다.

"모르겠군."

한참을 재중을 쳐다보면서 무언가 찾던 노인은 결국 포기했는지 탄식을 내뱉더니 재중에게 물었다.

"자네는 누군데 우리를 찾나?"

"선우재중입니다."

"선우재중? 음, 음, 설마… 그 빅핸드는 아니겠지?"

완전 세상과 담을 쌓고 지내는 것은 아닌지 재중이 이름을 밝히자 바로 빅핸드라는 이름이 나온다.

재중이 살짝 이채롭다는 눈빛을 보이자,

"허허허허허, 이거 그냥 호기심에 나와 봤는데 대단한 사람을 만나게 되었군그래."

노인은 자신들을 부르는 광고를 낸 사람이 세계적으로 유명한 월가의 괴물 빅핸드라는 사실에 흥미로운 눈빛을 보였다.

물론 재중은 그가 그러거나 말거나 평온한 모습 그대로
였다.

"자네, 숨기고 있군."

노인은 재중과 눈이 마주치자 그제야 자신이 왜 처음에
재중을 만났을 때 이상한 느낌이 들었지만 아무것도 찾을
수가 없었는지 이해가 되었다.

재중이 의도적으로 자신의 힘을 숨기고 있다는 것을 재
중의 눈동자를 보고서야 깨달은 것이다.

"예리하시군요."

"후후훗, 이 나이가 되니 남는 것은 눈치뿐이더군. 그런
데 월가의 큰손께서 어째서 세상에 알려지지 않은 우리를
찾는 건지 이제는 대답해 줬으면 하는구먼."

노인이 나직하게 말하자,

"검은 복면, 라스푸틴."

"흡!!"

재중은 간단하게 딱 두 마디만 했다.

하지만 재중의 말을 들은 노인은 마치 죽은 사람이 살
아 돌아온 것을 본 것 같은 놀라움이 가득한 표정이었다.

"자네가… 그를 어떻게 아는가?"

노인은 탄식이 섞인 목소리로 물었다.

"직접 만나진 않았지만, 그의 제자와는 몇 번 부딪친 적이 있습니다."

"제자라면 데스 나이트를 아는가?"

노인은 직접적으로 부딪친 적이 있다는 재중의 말에 마치 시험하듯 데스 나이트에 대해서 물었다.

"피 칠갑을 한 듯 붉은 철갑옷을 입은 녀석이라면 잘 알고 있습니다."

"……."

노인은 잠시 재중의 말에 생각하더니 다시 입을 열었다.

"그럼 데스 나이트의 약점도 알겠군그래."

재중은 손가락으로 자신의 머리를 톡톡 건드리는 것으로 대답을 대신했다.

"끄음."

노인은 너무 놀라서 신음도 나오지 않는 모습이다.

하지만 여기에 재중은 나직하게 한마디 더했다.

"정확하게는 투구 속에 있는 쟁룻이 약점이죠."

"크흠!!"

재중의 말에 갑자기 헛기침을 한 노인이 자리에서 벌떡 일어섰다.

그러고는 재중을 돌아보고 말했다.

"나를 따라오게."

그 말만 남기고 순식간에 사람들 속으로 사라져 버렸다.

하지만 재중은 그렇게 사라진 노인의 행동에 피식 웃었다.

"마지막까지 나를 시험하려는 건가? 아무튼 마법사라는 녀석들은 대륙이나 여기나 어떻게 하는 행동이 똑같지?"

결코 마지막까지 의심을 버리지 않는 성격, 그리고 끝까지 시험하는 것까지 대륙의 마법사와 너무나 똑같은 행동 패턴이다.

재중은 피식 웃곤 커피값을 테이블에 놓고 그대로 사람들 사이로 사라졌다.

물론 노인과 다른 방법이지만 결과가 비슷하면 상관없다.

"여긴가?"

재중이 노인의 마나 향기를 따라 여유 있게 도착한 곳은 사람이 많은 동네를 벗어난 한적한 시골이었다.

차는 보이지 않고 자전거를 타고 다니는 사람만 가끔 보이는, 푸른 들판이 끝없이 이어져 있는 곳이었다.

똑똑.

재중이 조용히 노크를 하자,

"들어오게."

기다렸다는 듯 노인의 목소리가 들렸다.

집 안에 조인은 들어가자 아까 본 평상복과 달리 조금은 허름하지만 동물의 가죽으로 만든 망토에 모자를 쓰고 손에는 기형적으로 굽은 지팡이를 들고 있는 전형적인 마법사의 모습을 하고 있다.

"정식으로 소개하지. 난 마나의 인도자 중에 다섯 개의 링을 가진 사이먼이라고 하네."

다섯 개의 링이라면 5서클이다.

재중은 생각보다 거물이 걸렸다는 생각에 입가에 미소를 지었다.

5서클이면 상당히 고위 마법사이다.

MI6에서 소개해 줄 마나의 인도자가 어떤 경지일지 몰랐다.

하지만 아마 지금 재중이 만나고 있는 5서클의 고위 마법사보다는 못할 것이 확실해 보였다.

대륙에서도 5서클이면 어디를 가도 인정받는 마법사인데, 지구라면 더욱 높은 대접을 받을 것은 확실했다.

물론 지금 사는 것을 보면 마법사 특유의 괴팍한 성격 때문에 이렇게 혼자 사는 것 같지만 말이다.

"여기라면 마음 놓고 말해도 되네."

사이먼은 카페에서 하던 이야기를 계속해 주길 원하는 듯 앉자마자 바로 본론을 치고 들어왔다. 재중은 피식 웃으면서 자신이 검은 복면과 라스푸틴의 제자를 만난 이야기를 하나도 빠짐없이 해주었다.

"그놈, 그동안 스페인에 있었군. 어쩐지 그래서 찾을 수가 없었던 것이야."

"......?"

재중은 순간 사이먼이 하는 말에서 왠지 라스푸틴을 잘 아는 느낌에 고개를 갸웃거렸다.

"재중 군에게 묻겠네."

"네."

"자네는 마나의 길을 걷는 사람인가?"

사이먼이 진지한 표정으로 묻자 재중은 1초의 망설임도 없이 고개를 저었다.

"전 마나의 길을 걷는 자가 아닙니다."

"그럼 자넨 누군가?"

재중은 그제야 눈빛을 반짝이면서 몸 안의 마나를 활성화시키기 시작했다.

우르릉!! 우르릉!!

그런데 재중이 마나를 활성화시키자 사이먼의 집이 통

째로 흔들리기 시작했다.

마치 누군가 집을 손에 쥐고 흔드는 것처럼 말이다.

"이, 이건……!"

하지만 사이먼은 지금 집이 금방 무너질 것처럼 흔들리는 것이 문제가 아니었다.

재중의 몸에서 뿜어져 나오는 마나의 향기, 그리고 재중의 눈동자에서 느껴지는 카리스마, 무엇보다 마나가 희박한 지구에서는 도저히 상상도 할 수 없는 엄청난 마나의 회오리까지 본 사이먼은 자리에서 벌떡 일어섰다.

"…당신은 도대체 누구십니까?"

재중은 자신의 힘 일부분만 보여주었건만 사이먼은 거의 컬쳐 쇼크 수준으로 충격을 받은 모습이다.

특히나 마나가 희박한 지구에서 스스로의 마나만으로 마나의 회오리를 만들다니, 이건 자신도 도저히 흉내조차 낼 수 없는 것이기에 너무나 놀라 존칭으로 다시 물었다.

"이제는 세상이 잊은 존재, 하지만 태고의 시절부터 이곳에 함께 살던 존재, 신의 이름을 감히 빌려 쓴 존재라면 아시겠습니까?"

드래곤이 나중에 유희를 끝낼 때 자신의 존재를 딱 한 사람에게만 알리는 불문율과 같은 습관이 있는데 재중은 그때 알리는 사람에게 말하는 것을 그대로 말했다.

털썩!!

그러자 사이먼은 바로 재중을 향해 엎드리면서 큰절을 올렸다.

"위대한 분을 뵙습니다."

재중의 예상대로 사이먼 정도의 고위 마법사는 재중이 누군지 바로 알아차렸다.

굳이 무력시위를 하지 않아도 될 만큼 오랜 지식이 쌓여 있는 것이다.

"일어나세요."

"…어찌 제가… 위대한 분을 앞에 두고…….."

재중의 진정한 정체가 드래곤이라는 것을 알게 된 사이먼은 좀처럼 일어나질 않았는데 결국 재중이 억지로 잡아 일으켰다.

"사이먼에게 묻고 싶은 게 있습니다."

"네, 무엇이든지 말씀하십시오."

확실히 사이먼이 고분고분해진 것은 좋았지만, 약발이 너무 잘 먹혀들어 간 것이 문제라면 문제였다.

재중과 눈도 마주치지 못하고 있으니 말이다.

서로 눈을 마주해야 진실과 거짓을 가려내는 재중의 특성상 눈을 피하는 사이먼은 오히려 불편할 뿐이었다.

"라스푸틴 그자는 누굽니까?"

재중은 아까 카페에서 잘 아는 듯한 사이먼의 말이 기억나서 물었다.

"…진실을 이야기하자면 먼 옛날로 거슬러 올라갑니다. 사실 라스푸틴과 전 동문입니다."

"동문이라면 같은 스승에게서 배웠다는 겁니까?"

재중은 라스푸틴이 마나의 인도자 출신이라는 것에 조금 놀란 표정을 지었다.

"…부끄럽게도 그렇습니다. 그는 사실 마나의 길을 걷던 마법사였습니다. 하지만 마법사가 속세의 모든 것을 버려야 한다는 것에 참지 못하고 결국 제 발로 뛰쳐나가 버린 배신자이기도 하지요."

재중은 배신자라는 말에 왜 마나의 인도자들이 그렇게 라스푸틴과 관련된 것이라면 한국의 검예가라도 찾아와서 도와주는지 살짝 이해가 되었다.

기사 가문이든 마법사 가문이든, 아니면 마탑의 마법사들도 소속을 가지게 되면 서로 뭉치는 경향이 강했다.

사실 이건 인간 본성의 문제였으니 그걸 탓할 수는 없지만, 문제는 그 무리에서 이탈하는 사람이 꼭 나온다는 것이다.

아웃사이더라고 할 수도 있지만, 그 조직의 규칙 등을 견디지 못하고 도망치는 경우가 사실 더 흔했다.

다만 문제는 그렇게 조직에서 떨어져 나온 녀석들은 꼭
사고를 친다는 것이다.

지금 마나의 인도자에서 벗어나 흑마법의 길로 들어선
라스푸틴처럼 말이다.

거기다 그냥 사고만 치면 그나마 다행이다.

자신이 속해 있던 조직의 이름에 먹칠을 하는 행동도
서슴없이 했다.

즉 각종 범죄부터 별의별 나쁜 짓은 다 하는 것이다.

일반 사람들도 힘이 세면 그것을 사용하고 싶어서 참지
못하는데, 기사나 마법사라면 오죽하겠는가? 마법을 난발
하고 검을 마구잡이로 휘둘러서 사람을 죽이는 것은 일도
아니었다.

그러다 보니 조직은 자신들의 명예를 위해서 아웃사이
더는 어느 정도 봐주지만 배신자라면 모든 것을 걸고서라
도 꼭 찾아내서 처단하는 것이 불문율이었다.

"그럼 역사에 기록된 황자의 병을 고치고 독약을 먹고
도 죽지 않았다는 것은 사실이군요."

재중이 나직하게 말하자,

"네, 해독마법과 강화마법이면 그 당시 총이나 독약 정
도는 얼마든지 막을 수 있었을 겁니다."

"하지만 역사에 라스푸틴은 익사했다고 되어 있습니다.

라스푸틴의 손녀도 프랑스에서 살고 있는데……."

재중은 라스푸틴이 정말 살아 있는 것이 맞는지 그것이
가장 궁금했다.

사이먼은 조금은 난감한 표정을 지었지만, 재중이 요구
하기에 어쩔 수 없이 이야기를 꺼냈다.

"사실 라스푸틴의 시체는 저희가 확인한 적이 없습니
다."

"……?"

라스푸틴의 시체까지 이미 사진으로 남겨져 있고 시체
를 본 사람이 수도 없이 많았다는 것을 생각하면 사이먼의
말은 뭔가 이상했다.

일반 사람들은 라스푸틴의 시체를 봤지만, 정작 같은 마
나의 길을 걷던 사이먼은 본 적이 없다고 하니 말이다.

"저희가 본 것은 라스푸틴의 모습을 한 시체일 뿐이었
습니다."

"라스푸틴의 모습을 한 시체?"

재중은 사이먼이 말한 것을 잠시 생각하다가 눈을 찡그
리며 사이먼을 바라보았다.

"네, 분명히 라스푸틴의 육체는 맞았습니다. 하지만 그
건 라스푸틴이 아니었습니다."

마법사들은 육체보다 마나가 깃들어 있는 영혼에 더욱

큰 비중을 두는 편이다.

즉 육체가 아무리 건강해도 영혼이 병들면 그건 아픈 사람으로 취급하는 것이다.

그런 것을 생각하면 지금 사이먼의 말이 이해가 되었다.

분명 라스푸틴의 육체는 맞았다.

하지만 어떻게 된 것인지 모르지만 라스푸틴의 육체에 그의 영혼이 사라지고 없다면 사이먼이 라스푸틴의 시체를 본 적이 없다고 하는 것이 틀린 말이 아니었으니 말이다.

"영혼을 바꾸는 마법을 썼군."

재중은 대륙에서조차 전설로 남아 있는 흑마법인 영혼을 바꾸는 마법을 사용했다는 것에 놀라움을 감추지 못했다.

만약 조금이라도 실패하는 순간, 양쪽 영혼이 모두 산산이 부서지는 대가를 치러야 한다.

물론 그런 무서운 대가도 있지만, 영혼을 바꾸는 마법은 준비할 것도 많고 절차도 은근히 까다로웠다.

그래서 결국 마법이 발달한 대륙에서도 잊힌 마법이 되었는데, 정작 지구에서 라스푸틴이 성공한 것이다.

그런데 심각한 문제는 그것뿐만이 아니었다.

영혼을 바꾸는 마법은 맞는 육체만 있다면 얼마든지 육체를 계속 바꿔가면서 거의 불노불사의 삶을 살아갈 수 있었다.

오히려 오랜 세월 살아가면서 경험과 지식이 쌓일 것은 불을 보듯 뻔했다.

마법사에게 가장 큰 힘이 마나도, 지팡이도 아닌 바로 경험과 지식인 것을 생각하면 아무리 재중이라도 라스푸틴을 결코 쉽게 생각해서는 안 되었다.

"그렇습니다. 지금까지 몇 명의 육체를 거쳐 갔는지, 얼마나 많은 사람의 영혼을 대가로 살아왔는지 아는 사람이 아무도 없습니다."

"……."

난감했다.

결과적으로 라스푸틴에 대해서 중요한 정보를 듣긴 했지만, 오히려 그래서 난감해져 버린 재중은 표정이 굳어질 수밖에 없었다.

영혼의 파장만 맞는다면 그 어떤 사람의 몸에도 들어갈 수 있다는 것은 얼마든지 숨을 수 있다는 뜻이다.

특히나 갓난아기의 몸으로 들어가 버리면 이건 진짜 최악의 상황이 벌어질 수도 있었다.

발견하는 것도 힘들지만 막상 발견했는데 그것이 갓난

아기라면?

그냥 눈으로 보고만 있어야 할지도 모른다.

"하지만 천만다행으로 라스푸틴이 영혼 바꾸기를 했을 때와 비슷한 연령대의 사람만 가능하다는 제약이 있습니다."

"…다행이군요, 그나마."

최악의 경우는 피할 수가 있었다.

물론 최악의 경우를 피했을 뿐 수많은 사람 틈에 숨어 버리면 찾기가 거의 불가능하다는 것은 변함없는 사실이다.

"하지만 벌써 오랜 세월 동안 살아남은 라스푸틴입니다. 과연 얼마나 강해졌을지 상상조차 할 수가 없습니다. 그래서 부탁드립니다. 제발 라스푸틴을 마나의 품으로 돌려보내 주십시오, 위대한 분이시여."

사이먼이 부탁하지 않아도 이미 재중 자신이 먼저 찾아다니고 있는 상황이다.

재중은 사이먼과 여러 이야기를 하면서 연락할 방법 등을 교환하고서야 호텔로 돌아올 수 있었다.

그런데 재중이 호텔로 돌아오자마자 기다렸다는 듯 린다 마릴이 찾아왔다.

"재중 씨, 그쪽에서 지금 당장 만나고 싶다고 해요."

"지금 당장이요?"

재중은 이미 5서클의 고위 마법사인 사이먼을 따로 만났기에 그다지 흥미가 생기지 않았지만 그래도 MI6에서 일부러 준비했는데 무시할 수 없어 린다 마릴을 따라 나섰다.

"오늘은 제 차로 모실게요."

그러고는 꽤 비싼 스포츠카인 재규어를 몰고 나오는 린다 마릴이다.

"타요."

재중이 옆자리에 타자 기다렸다는 듯 재규어가 굉음을 뿜으면서 질주하기 시작했는데 재중은 의외라는 표정을 지었다.

"운전을 잘하시는군요."

조금 가벼워 보이는 린다 마릴의 모습과는 달리 운전은 너무나 깔끔하고 정확하게 하고 있었다.

마치 기계로 운전하듯 말이다.

이 정도면 정식으로 훈련받은 사람이라고 해도 믿을 정도였다.

그런데 그런 재중의 감탄에 린다 마릴은 환하게 웃으면서 말했다.

"영화를 보면 스파이들은 다 운전을 잘하잖아요. 그래

서 배웠어요. 정식 라이선스를 따서요."

한마디로 영화처럼 멋진 스파이가 되고 싶어서 운전을 제대로 배웠다는 것이다.

재중은 자신이 한 말을 그대로 취소했다.

역시나 린다 마릴은 가까이하기에는 피곤한 여자였다.

끼이익!

빠르기도 하지만 폼을 위해서 배운 정확한 운전 솜씨 때문인지 재중은 아무런 문제 없이 도착했다.

그런데 꽤 외진 곳으로 별장처럼 보이는 곳이었다.

'사이먼이 살던 곳과는 완전 다른데?'

재중이 고개를 갸웃거리는 이유는 바로 재중이 도착한 별장 안에서 사람의 기척은 느껴지지만 마나의 향기는 전혀 느껴지지 않아서였다.

'아직 도착하지 않은 건가?'

마법사라면 아무리 1서클의 견습이라도 마나의 향기를 강하게 풍기는 것은 어쩔 수 없는 현상이다.

그렇기에 재중은 별장에서 마나의 향기가 느껴지지 않기에 자신이 먼저 도착했으려니 했다.

"들어가요. 아마 저희가 조금 늦었을 거예요."

"……?"

그런데 뜻밖에도 린다 마릴은 재중이 늦게 도착했다고

하자 고개를 갸웃거리면서 별장으로 들어섰다.

그리고 재중이 별장 안에 들어서자 별장을 환하게 밝힐 만큼 수십 개의 초가 가장 먼저 눈에 보였다.

그리고 가운데의 탁자 위에 커다란 수정구가 놓여 있는 모습에 재중은 자신도 모르게 피식 웃었다.

'누가 봐도 이건 가짜군.'

확실한 증거로 지금 자신을 맞이하는 남자가 세 명이나 있었다.

그중에 마법사처럼 화려하게 차려입고 어디서 본 것은 있는지 지팡이까지 손에 쥐고 근엄한 자세로 앉아 있는 녀석이 딱 봐도 마법사 행세를 하는 것처럼 보였다.

하지만 그 세 명 중에 누구에게서도 마나의 향기는 느껴지지 않았다.

즉 그냥 평범한 일반인이라는 것이다.

"린다 마릴이에요. 그리고 이쪽은… 아시죠?"

린다 마릴이 재중을 슬쩍 가리키면서 말을 흐리자,

"어서 오게나, 선우재중. 아니, 빅핸드라고 해야겠지."

마치 자신이 무언가 되는 듯 근엄한 목소리로 재중의 이름과 빅핸드라는 별칭을 말한다.

만약 보통 사람이라면 깜빡 속았을 정도로 연기가 대단했다.

피식~

다만 재중은 다 알면서도 이들의 사기에 잠깐 놀아주기로 했다.

그리고 한편으로는 도대체 MI6에서 어떻게 마나의 인도자를 찾았길래 이런 사기꾼에게 걸렸는지 그것도 궁금했다.

Chapter 16
사기꾼

재중귀환록

재중은 어떻게 하려는지 우선 지켜보기로 했다.

"잘 와주었네. 자네가 우리 마나의 인도자를 찾는다는 말을 들었지."

"네."

재중은 우선 최대한 모르는 척하면서 대답하자,

"쯧쯧쯧, 자네 곧 급살할 운명이야!'

갑자기 재중의 얼굴을 지팡이로 가리키면서 죽는다고 말하는 것이 아닌가?

그것도 급살이라고 한다.

"이런, 놀랐나 보군."

그리고 재중이 너무나 황당해서 그냥 입을 다물자, 마법사 모습을 한 남자는 재중이 놀라서 말을 잃었다고 생각한 듯했다.

"너무 놀라지 말게나. 내가 자네를 위해서 신을 불러 운명을 막아줄 수 있으니 말이야."

씨익~

재중은 드디어 본격적으로 사기 행각이 시작된다는 생각에 미소를 지었다.

그러자 사기꾼은 재중이 완전히 자신의 페이스에 넘어왔다고 생각했다.

자신이 구해줄 수 있다는 말에 재중이 웃는다고 생각한 것이다.

그런데 그때 린다 마릴이 사기꾼 마법사를 향해 말했다.

"사이먼 님, 우선 재중 씨가 묻고 싶은 것이 있다는데 그것부터 들어주시면 안 될까요?"

"흠, 그래? 그럼 어쩔 수 없지. 하지만 시간이 지날수록 급살의 운명은 더욱 강해질 것이야. 어떻게 하겠나. 당장 급살의 운명부터 벗을 텐가, 아니면 실패할 수도 있는 나중에 벗을 텐가?"

린다 마릴이 사이먼이라고 말하는 순간 재중은 결국 참고 있던 웃음이 터져 나와 버렸다.

"크크크크큭, 사이먼? 그대가 사이먼인가?"

방금 전에 진짜 사이먼을 만나고 왔기에 결국 웃음이 터져 버린 것이다.

"어허! 건방지게! 내가 마나의 인도자를 이끄는 고위 마법사 사이먼이다!!"

재중이 갑자기 크게 웃으면서 자신의 이름을 가볍게 부르자 사기꾼이 화가 난 듯 큰소리치더니 자리에서 벌떡 일어섰다.

"그만두겠네. 이렇게 예의 없는 사람이라고는 생각지 못했어. 돌아가자."

그러고는 기분 나쁘다는 듯 막무가내로 떠나려고 했다.

"사이먼 님, 안 돼요. 우선 이야기는 들어보고 가셔야죠."

린다 마릴은 갑자기 태도가 돌변한 가짜 사이먼의 모습에 사정했지만 막무가내였다.

그런데 그때,

"거기 서. 문 열고 나가면 너희들은 죽는다."

흠칫!

재중이 자리에서 일어서면서 한마디 하자 거짓말처럼

사기꾼 셋이 그 자리에서 우뚝 섰다.

그리고 재중은 그렇게 멈춘 사기꾼들을 향해 천천히 다가가 사이먼 행세를 한 남자의 귓가에 대고 속삭였다.

"과연 다섯 개의 고리를 가진 사이먼 님이 얼마나 대단한지 궁금하군요."

오싹!

사이먼 행세를 하던 남자는 순간 온몸에 피가 마르는 느낌을 받았다.

다섯 개의 고리를 가진 사이먼이라는 것을 아는 사람은 극히 적었고, 그것을 안다는 것은 진짜 사이먼을 알고 있다는 뜻이었다.

"자리로 돌아가실까요, 아니면 이대로 죽으실까요?"

"꿀꺽."

사기꾼 3인방은 울며 겨자 먹기로 어쩔 수 없이 다시 수정구가 있는 테이블로 되돌아올 수밖에 없었다.

하지만 자리에 앉자마자 마치 악마가 미소 짓는 듯한 재중의 미소를 보고는 다시 한 번 온몸에 피가 얼어붙는 경험을 해야 했다.

"자, 그럼 사이먼 님, 제가 궁금한 것이 있는데 대답해 주시죠."

"네? 하하하하! 네, 말씀하세요, 선우재중 님."

방금 전까지 큰소리치면서 호통 치던 사이먼은 사라지고 비굴하게 웃는 사기꾼만 남았다.

씨익~

"우선 최근에 한국에 다녀오신 적이 있다고 들었습니다. 그때의 자세한 이야기를 듣고 싶군요, 사이먼 님."

"그, 그것이……."

처음의 당당하던 모습은 사라지고 순식간에 본래의 모습을 돌아와 있다.

그리고 그런 그들의 모습에 린다 마릴도 고개를 갸웃거리기 시작했다.

"저기… 정말 마나의 인도자의 수장인 사이먼 님이 맞으세요?"

뜨끔!

지금까지 사이먼 님이라고 부르면서 믿어주던 린다 마릴까지 의심하는 듯하자 사기꾼들은 심하게 당황하기 시작했다.

본래 사람을 속이는 사람들은 목에 칼이 들어와도 자신의 허풍을 끝까지 밀고 나가야 하는 배짱이 필수이다.

그런데 그런 것을 생각하면 마나 인도자들의 수장이라는 사이먼을 사칭한 것치고는 너무 급격하게 무너진다.

재중은 그 모습에 피식 웃으면서 자리에서 일어섰다.

"돌아가죠."

"네?"

갑자기 재중이 돌아간다고 하자 린다 마릴은 영문을 몰라 하는 표정이다.

반면 사기꾼들은 마치 지옥에서 천국으로 옮긴 듯 얼굴 표정이 급격하게 살아났다.

하지만 그것도 잠시, 재중의 마지막 말 한마디에 순식간에 흙빛이 되어버렸다.

"마나의 인도자들이 이미 당신들을 찾고 있으니 열심히 도망 다니길 바랍니다. 후후후훗."

"히끅!"

세계적으로 유명한 킬러들조차 마나의 인도자라는 말을 들으면 진저리 친다는 말이 있다.

그런데 그런 그들이 자신을 찾는다는 말에 순식간에 얼굴빛이 어두워지는 건 당연했다.

"후후후후훗, 그럼 이만."

재중이 그대로 별장을 나오자,

"재중 씨, 혼자 가지 말아요."

린다 마릴은 재중을 따라 밖으로 나오더니 궁금한 듯 물었다.

"그런데 아까 그게 무슨 말이에요? 마나의 인도자들이

찾고 있다니?"

"그러게 말입니다. 무슨 뜻일까요?"

재중은 일부러 백치미를 보이는 건지, 아니면 원래 저런
건지 린다 마릴의 모습에서 살짝 의심이 들긴 했다.

하지만 어차피 목적은 이뤘기에 만족한 하루였다.

그리고 방금 재중이 한 말은 사실이었다.

사이먼도 요즘 자신을 사칭하면서 사람들의 고혈을 빼
는 쓰레기가 있다고 하면서 언젠가 보면 알려달라고 부탁
까지 했으니 아마 언젠가는 찾을 것이다.

마법사가 좀 외골수에 융통성이 없긴 하지만, 끈질긴 것
으로는 둘째가라면 서러워하는 존재이니 말이다.

"돌아가죠."

"네? 네."

린다 마릴은 뭔가 잘못한 것 같은데 재중의 표정을 보
면 딱히 잘못한 것 같지 않은 이상한 상황에 한참을 고개
를 갸웃거렸다.

*　　　*　　　*

"뒤진 흔적이 있습니다."

시커먼 복면을 쓴 남자가 허공에서 떨어지면서 재중이

살폈던 곳에 정확하게 멈춰 섰다.

그리고 조용히 눈을 감고 무언가 중얼거리더니 이미 재중이 지나갔다는 것을 알아챈 듯 조용하게 말했다.

"역시, 그분의 말대로 금방 우리를 찾았군."

시커먼 로브와 한낮에도 온몸이 오싹함이 어둠이 느껴지는 남자가 대답했다.

"혹시나 해서 설치한 미끼를 물었으니 저희도 계획을 변경해야 하지 않겠습니까?"

검은 복면이 검은 로브의 남자에게 무릎을 꿇고서 말하자.

"아니야, 계획대로 진행하되, 우선 태평그룹의 일만 진행하고 나머지는 잠정 보류하도록."

검은 로브는 계획을 변경하기보다는 조심스럽게 움직이기로 한 것이다.

검은 복면은 이야기를 듣고 고개를 숙였다.

"네, 그렇게 하겠습니다. 주인이시여."

그러고는 검은 복면은 일어서서 허공으로 뛰어오르는 것과 동시에 허공에 녹아들 듯 사라져 버렸다.

한편 그렇게 검은 복면이 사라진 뒤, 검은 로브는 조용히 재중이 살폈던 흔적을 보면서 입가에 미소를 지었다.

물론 너무나 깊이 쓴 로브의 모자 때문에 그가 웃고 있다는 것을 아는 사람은 없었지만 말이다.

"과연 어떤 녀석이길래 스승님이 조심하라고 하시는 걸까?"

검은 로브는 지금까지 자신이 움직이면서 누군가를 두려워하거나 조심한 적이 없었다.

그런데 이번에는 그동안 모습을 드러내지 않던, 자신의 스승이 직접 연락을 취한 것이다.

'선우재중, 그를 조심해라.'

사실 검은 로브도 선우재중을 알고 있었기에 스승에게 선우재중의 이름을 들었을 때 조금 황당하면서도 어이가 없었다.

겨우 운이 좋아 돈을 많이 번 녀석을 조심하라는 말을 했으니 말이다.

하지만 스승이 누구던가?

세상에 그 무엇도 두려움이 없던 사람이 아니던가?

그런데 그런 스승이 조심하라는 말을 했다는 것에 검은 로브는 스스로 긴장하기로 했다.

절대로 그런 말을 쉽게 할 스승이 아니었으니 말이다.

물론 자신의 사제가 재중을 상대하다가 죽었다는 소식을 최근에 듣고 나서 자신의 생각이 얼마나 옳았는지 다시 한 번 느낄 수도 있었지만 말이다.

"멍청한 녀석, 스승님의 말을 흘려듣더니… 크크 크…… . 뭐 어차피 녀석들이 다 죽어주면 나야 좋지만 말 야, 크크큭."

검은 로브는 어차피 두바이에서 죽은 자신의 사제에 대 한 걱정이나 연민은 눈곱만큼도 없었다.

왜냐하면 말로는 사제라고 하지만, 적이나 다름없었으 니 말이다.

결국 스승의 자리를 잇는 사람은 한 명이었다.

그 말은 즉 다른 사제들이 모두 죽어야 자신에게 유리 하다는 것을 뜻하기도 했다.

"선우재중… 크크큭… 제발 다 죽여주게…… . 사제들을 말야… 이왕이면… 스승님도 같이, 크크큭."

검은 로브는 오히려 재중이 자신의 사제들뿐만 아니라 스승까지 처리해 줬으면 하고 빌고 있었다.

그것도 진심으로 말이다.

『재중 귀환록』 17권에 계속…

내일을 향해 쏴라

김형석 장편 소설

FUSION FANTASTIC STORY

1만 시간의 법칙!
'성공은 1만 시간의 노력이 만든다' 는 뜻이다.

그러나…
사회복지학과 복학생 수.
전공 실습으로 나간 호스피스 병동에서
미지와 조우하다.

1만 시간의 법칙?
아니, 1분의 법칙!

전무후무한 능력이 수에게 강림하다!
맨주먹 하나로 시작한 수의
인생역전이 시작된다!

Book Publishing CHUNGEORAM

유한이 아닌 자유추구 -
WWW. chungeoram.com

북검전기

우각 新무협 판타지 소설

2014년의 대미를 장식할,
작가 우각의 신작!

『십전제』,『환영무인』,『파멸왕』…
그리고,

『북검전기』

무협, 그 극한의 재미를 돌파했다.

북천문의 마지막 후예, 진무원.
무너진 하늘 아래 홀로 서고, 거친 바람 아래 몸을 숙였다.

살기 위해! 철저히 자신을 숨기고
약하기에! 잃을 수밖에 없었다.

심장이 두근거리는 강렬한 무(武)!
그 걷잡을 수 없는 마력이,
북검의 손 아래 펼쳐진다!